SPEECHES OF MEDIA LEADERS

传媒领袖演讲录

华南新闻传媒协同育人中心　主编

支庭荣　张晋升　执行主编

南方日報出版社
NANFANG DAILY PRESS
中国·广州

图书在版编目（CIP）数据

传媒领袖演讲录 / 华南新闻传媒协同育人中心主编. — 广州 : 南方日报出版社，2014.12
ISBN 978-7-5491-1201-2

Ⅰ. ①传… Ⅱ. ①华… Ⅲ. ①演讲—世界—现代—选集 Ⅳ. ①I16

中国版本图书馆 CIP 数据核字(2014)第 278919 号

传媒领袖演讲录

主　　编： 华南新闻传媒协同育人中心
出版发行： 南方日报出版社
地　　址： 广州市广州大道中 289 号
电　　话： （020）87373998-8502
经　　销： 全国新华书店
印　　刷： 广州汉鼎印务有限公司
开　　本： 889mm×1194mm　1/16
印　　张： 9.75
字　　数： 180 千字
版　　次： 2014 年 12 月第 1 版
印　　次： 2014 年 12 月第 1 次印刷
定　　价： 28.00 元

投稿热线：（020）87373998-8503　读者热线：（020）87373998-8502

网址：http://www.nanfangdaily.com.cn/press　http://www.southcn.com/ebook

传媒领袖讲习班组委会

组委会主任：林如鹏

组委会委员：林如鹏　范以锦　杨兴锋　郑文杰
支庭荣　杨先顺　张晋升

编　　辑：苏　柯　晏　青　王　悦　夏侯命波
张　丹　张　嘉　严　艳

前言

1946年，暨南大学在上海创建了新闻学系，1960年在广州复办，2001年组建新闻与传播学院。现设置3个系（新闻学、广告学、广播电视学）、7个本科专业方向（新闻学、广播电视学、广告学、播音与主持艺术、网络与新媒体、国际新闻、数字媒体设计）、2个硕士专业学位点（新闻与传播、艺术）、1个一级学科博士点和博士后流动站（新闻传播学）。近年来，成立了广州市人文社科重点研究基地——舆情与社会管理研究中心，与南方报业传媒集团合办南方传媒研究院，与南方报业、广东广播电视台、天河区委宣传部组建华南新闻传媒协同育人中心，与中共广东省委宣传部开展部校共建，已成为南中国新闻传播人才培养和科学研究的摇篮。

为了创新高层次传媒人才培养模式，在广东省教育厅的支持与指导下，自2008年起，暨南大学于每年7月，面向来自全国的新闻传播学研究生（硕士生、博士生）及青年教师，举办为期一周的公益性“传媒领袖讲习班”，邀请境内外权威媒体掌舵人和顶尖专家，传授推进传媒业改革创新的经验与智慧，让研究生及青年教师了解传媒业界的最新发展，领略传媒领袖的风采，深化对传媒业的认识，提升理论研究和行业实践的能力。

依托暨南大学新闻与传播学院、南方传媒研究院在新闻传播学领域的研究特色和学科优势，以及华南新闻传媒协同育人中心与境内外传媒业界的广泛联系，讲习班广泛邀请海内外传媒领袖及精英人士担任主讲教师。

应邀授课的嘉宾有：

第1期：林任君、魏文彬、陈锡添、杨兴锋、梁国标、张惠建、戴玉庆、郭伟峰、吴海民、席文举、邱震海、向熹。

第2期：章新新、刘春、王惠、程朝阳、胡舒立、吴松营、向熹、鄢烈山、喻国明、胡智锋、任剑涛。

第3期：陈菊红、任天阳、黄升民、胡锡进、向熹、祝建华、杨锦麟、胡泳、闾丘露薇、陆小华、李文。

第4期：马胜荣、胡展奋、王美玉、范东升、伍皓、蒋述卓、余瑞金、王克勤、傅剑锋、刘春、金城。

第5期：杨锦麟、杨兴锋、蔡照波、汤应武、胡智锋、范以锦、曹轲、程小琪、任天阳、易海燕、郑小伶、姚君毅、郭全中、Collin Sparks、James A.Ebel、陈向阳、刘岚、杜兰。

第6期：高海浩、庄慎之、范以锦、李静、曹轲、黎元江、傅绍万、傅剑锋、莫高义、叶敏。

从2008至2013年，每期讲习班都有内地、港澳主要新闻院系的博士生、硕士生、青年教师及广东省内外媒体从业者400余人参加，《南方日报》、《广州日报》、中新社、新华网等10多家媒体对讲习班的举办给予了报道和好评。

对于讲习班的组织工作，新闻与传播学院历届行政班子都高度重视，全力以赴，务求实效。新闻与传播学院研究生管理办公室不仅选拔研究生担任主持工作，还策划了丰富多彩的表演和联谊项目，让全体学员能感受到讲习班家庭般的温暖。

为了扩大讲习班的受益面，本书精选了第5、6期部分嘉宾的演讲内容，以飨读者。

需要说明的是，部分嘉宾的工作岗位，可能会不断发生新的变化。为了保持课堂的原貌，书中的职衔仍一如其旧。部分录音整理文献，未经嘉宾审阅。为了控制篇幅，主持串场、现场互动和点评环节的内容不得不割舍。凡错谬之处，均由编者负责，亦希广大读者不吝鉴正。

目录

Contents

第1部分

新媒体传播与舆论生态

国内舆论生态三大变化与主流媒体的应对策略

嘉宾：中共广东省委宣传部副部长、南方报业传媒集团党委书记　莫高义
场次：第6期第4场
时间：2013年7月16日下午

我今天跟大家交流的题目，叫“国内舆论生态三大变化与主流媒体的应对策略”。现在的媒体生态，跟以往任何时候相比都更复杂，甚至我们媒体的定义，包括采编流程，都在发生深刻的变化，所以经验在这个时候似乎越来越不起作用。舆论生态的变化，我主要从舆论的内容和变现形态来讲，而少讲传播的生态。另外，我讲的主流媒体是指传统媒体，在我们这个社会，主流媒体有它的社会责任。舆论生态的变化，概括起来有以下三点：

一、网络传播和社会转型深度融合

有的人说现在是舆论乱象，有的人说是舆论非常活泼，从这个角度来说，这两个发生了化学反应，也就是网络传播的特色和社会转型期的阶段性特点，这两个加在一起，是我们现在理解舆论生态最重要的反映。

从社会转型来讲，现在远远不只是经济转型，从执政方式到经济体制，包括经济结构、社会形态，这是在全面地转型。甚至包括我们每个人的生活观念，都在转型。在社会转型期，舆论有什么特点？从政府来说，正在从以往的命令式管理变为服务式管理。公众对政府的态度，以前更多的是听从和服从，现在是监督和质疑。从大的方面来说，以前更多强调集体利益，现在则强调个人权益。这个社会转型期，遇到网络社会会有什么效果？现在中国工业化、城市化，作为一个现代化国家，这是必不可少的步骤，其实大家观察一下会发现，欧美在工业化、城市化高歌猛进的年代，社会全面转型时，事情也是很多的。比如说美国，美国在南北战争以后进入“镀金时代”（这是马克•吐温的同名小说），从南北战争结束到美西战争，叫镀金时代。那时，美国的城市化和工业化发展得非常快，30年间美国的经济差不多翻了10倍，但是到了19世纪末，美国社会开始转型，问题重重。一方面是社会财富大量增加，另一方面是问题凸显，包括贫富差距拉大、食品安全、劳工权益，也包括政府腐败。在1900年前后，西奥多•罗斯福当总统期间，美国社会一片乱象。讲到新闻史，大家都会讲到美国历史上的扒粪运动。这个阶段有很多媒体，当时美国社会通过媒体来解释问题，推动进步。现在，中国社会进入转型期，我们又是那样大的一个国家，涉及方方面面的转型，当它发生的时候，我们有了一个个体的表达渠道。这是没有谁经历过的。社会转型和网络成为我们社会的必需品，这两者之间是没有必然联系的。它们非常偶然地发生在了一起。中国社会的全面转型，应该是从1992年十四大开始，十四大明确了我们经济改革的目标，所以大家回忆一下，包括国有企业改革、大规模的交通基础设施建设，包括政府的一次一次改革，基本上都是在1998年之后。那么，互联网是什么时候进入中国的呢？1994年，我刚好参加工作，因为年轻，我们应该是第一批用互联网的人，那个时候发个e-mail，前面还有一串计算机语言。我们1992年开始全面转型，1994年互联网开始进入公众的生活，这相互之间没有必然的联系。不是说我们因为开始社会转型所以接受了互联网，也不是因为接受了互联网所以社会开始转型，是我们开始转型的时候接受了互联网，而且这两者是高度同步，相互促进，相互推动。那么互联网在舆论上给我们最大的变化在哪里呢？

以前的传播是自上而下的，也就是领导干部掌握的信息要比老百姓掌握的多，但现在不一样了。现在可能互联网上的很多东西传得沸沸扬扬的时候，领导干部并不知道。以前的传播都是点对面的，在互联网时代，信息的传播是点对点的。

也许没有进入互联网时代，我们可能就发现不了那么多的问题。因为社会转型期，既是高速发展期，也是矛盾凸显期，各种利益冲突和文化冲突，各种复杂的社会情绪都会借助互联网传播，搞得众声喧哗。举一个很简单的例子，譬如说，我们在20来年前大学毕业的时候，我们的生活一定比在座的各位窘迫得多。我在1990年毕业的时候，吃饭都很困难，但是我们有安全感，没有焦虑感，因为我们对自己的人生、自己的前途有一个相对稳定的期许。现在很多同学，学习条件、生活条件都大大改善了，但会有焦虑，有不安全感。所以，我想在这种情况下，各种矛盾的集中，各种负面情绪的积累，都会通过网络传递出来。

从2007年开始，中国差不多就成为世界上网民数量最多的国家。2012年底的时候，我们有5.6亿多网民，全国覆盖率差不多达45%，广东甚至超过60%，在广东人里面，2/3是网民。另外，现在我们在互联网上看到的信息，80%是网民生产的，而不是媒体生产的。八成信息观点来自网民，不到两成是来自我们的专业媒体。另外，从2010年开始，微博的迅速发展，社交网站的发展，无线宽带和智能终端的发展，这四个因素相互促进，已经实现人人处处时时的信息传播。在舆论上的表现就是，信息的极大丰富。我们作为主流媒体需要关注的是，伴随着社会转型期加上网络传播的特点，舆论时代有两个东西是不能回避的。一个是大众麦克风时代，也就是我说的众声喧哗。以前可能南方日报的嘴边有麦克风，广东电视台的嘴边有麦克风，现在每个人都有麦克风。在互联网上，大家都有平等的话语权。

那么另外一个就是习惯性的质疑。现在一个政策出来，或一个工程项目出来，在互联网上很快会引起质疑，几乎没有例外。我曾经开过一个玩笑，如果有一天我们广州市长说物价涨得太快，广州市政府决定给每个人发放1万元生活补贴。表面上看这是一件好事，大家应该都会欢迎啊，每个人马上就有1万元补贴。但是如果真这么做，在互联网上一定是质疑声鹊起，会有人说不公平，“我这么没钱怎么也才补贴1万”。现在香港也是这样，给老年人补贴生活费，在互联网上从来很难得到一直的拥护。互联网传播的魅力，比如及时性、自主性、开放性和交互性，这些东西可能都对传统媒体提出了挑战。因为这很多是传统媒体做不到的，从及时性来讲，主流媒体讲究权威，讲究深度调查，很难像网民一样，看到风就是雨。而从自主性来讲，网民看到什么就说什么，传统媒体可能做不到。从开放性而言，很多观点在互联网上都可以像病毒一样传播。另外，互联网一个非常大的魅力，也是我们传统媒体需要学习的，那就是交互性。任何一个议题，在互联网开始传播的时候，一个是同味相投，“我跟你有类似的感受”。一个毕业生在就业时遇到难题，很多人都会遇到这种情况，就有相同的议题需要表达。另外一个是围观起哄，有句话叫“微博改变舆论，围观改变中国”。还有一个是推波助澜。我一直觉得，如果大家关注网上舆论热点，可以非常理性地去看网上舆论的演变。在这个过程中，作为一个信息的接受者，或者说作为一个职业媒体人，非常重要也非常必要的一个智慧就是甄别能力。如果你认为互联网上的东西，都是真诚的表达，是可观的表达，那么你可能会被误导。

像广东，开放的前沿，出现任何一个大的新闻事件时，在互联网上我们也不知道他们的身份，我一直觉得很多人就是起哄，就是推波助澜，这个事情怎么能把它搞复杂就把它搞复杂。当然，面对一些特殊事件时，大家借助网络舆论向党委政府施压的事情也是很多的。网络言论在功能上除了有新闻舆论的功能，还有组织动员的功能。从2005年开始，全国有很多城市有社运游行，我观察了一下，几乎所有的大规模游行集会，也包括一些大规模的群体性事件，就没有一个和网络没有关系的。也就是说没有网络，很多群体性事件，很多游行，可能就不会发生，或者说可能不会以那样的规模和速度发生。在互联网时代，很多群众运用网络设置议题，是非常娴熟的。

我举个例子。2011年，广东出了一起很大的事件，也就是乌坎事件。乌坎事件不是2011年才爆发出来的，群众的大规模上访从2009年就开始了，但没有得到满意的结果。乌坎村是广东陆丰海边的一个村子，村里有16000多人，人口非常集中，它的整个村容村貌已经不像农村，更像一个乡镇。这个事情为什么到2011年会弄大呢？因为乌坎有很多人，但没什么地，大量的青壮年都在外面打工，他们感觉村里这种情况必须解决，而且这几年上访都不行，就放弃了在外面打工，回到村里。其中有个小伙子21岁，1990年出生。他此前在佛山一个手机店当店长，对使用智能手机包括社交网络非常熟练。所以这个小伙子回来之后，就牵头成立了一个宣传组，他当组长。他们非常清楚，首先要把舆论搞大，他们声称“我们首先是要打一场新闻战”。怎么弄呢？这个青年组织叫热血青年团，成员是一批比较熟悉互联网的人，24小时值班，操控四台计算机，用微博、开心网、QQ，以及国外的脸谱、推特，向外面发送图片和视频信息。我当时在那边工作过一段时间，从他们传播的东西来说，应该有些不好，内容是他们导演的。他们会设计一些场面，那些场面看起来比较惊悚，更加能够吸引大家的关注。他们把议题设置到什么程度呢？包括老百姓打什么标语，哪些标语尤其能吸引境外媒体的关注，都是经过讨论，然后才决定实施的。

这方面的内容，大家如果有兴趣可以去搜索一篇文章，这是在2012年3月3日新加坡《联合早报》发的一篇文章，叫《当民间力量涌动时》，这篇文章非常详尽地讲了乌坎村的村民怎么样把舆论占领的过程。这是一篇深度采访，在网上随时可以搜到这篇文章。它里面讲到一个例子，说张建兴每天出门的时候，他的包里至少要放五台手机、五个手机号，因为他怕有关部门会封堵他的某个账号、某个手机号，实际上这些情况从来没有发生过。乌坎事件的整个处理过程，我们按照省委的要求，完全是公开透明的，我们没有停过任何一个人的手机，也没有封过任何一个人的微博。通过乌坎事件，我希望大家能够了解，基层百姓是如何利用互联网来制造舆论，吸引关注，然后推动舆论向着有利于他们的方向发展，这是非常难得的。

我们还需要关注的是，现在每一起大的群体性事件几乎都是网络事件，从管理层来看，现在我们对网络重视不够或者说不重视的情况还是很多的。2008年和2009年，都是在6月份，出现了全年度最大规模的群体性事件。2008年最大的群体性事件是贵州瓮安事件，2009年最大规模的群体性事件是湖北石首事件，这两个事件刚好相差一年。这两个事件在互联网上的传播脉络几乎是一模一样的，从起因到舆论的发酵到最后导致的结果，几乎一模一样。2008年6月，一个16岁的贵州瓮安女中学生李树芬跳河自杀。公安把尸体捞起来之后说是溺水身亡，让家属来领尸体，然后就走了。这具尸体摆在县城的小河边的时候，成了一个谣言的中心，谣言很快就传到了互联网上。当地官员没当回事，说这个事情都是谣言，不用理，老百姓一怒之下，先把公安局烧了，把公安局烧了还不解恨，把县委县政府也烧了。2008年瓮安事件后，当时的公安部长孟建柱，包括当时的贵州省委书记石宗源，都在《人民日报》写了专门的文章来痛心疾首地反思这件事情，媒体的报道是足够多的。我有时候跟人交流时会说我的忧虑：现在我们要建学习型的机关，领导干部要成为学习型的领导干部，我也不知道有些干部是如何学习的，其实哪怕看看报纸，一年之后的石首事件也是不可能发生的。

石首事件是如何发生的呢？一个20多岁的青年厨师叫涂高远，晚上跳楼自杀。群众报警，公安一过来，看到他还留了遗嘱，很快判断这个人是自杀，然后通知他的家属来领尸体。到了第二天，群众开始围观，谣言开始出来了，说这个小伙子不是跳楼，因为这个酒店是公安局某个领导的家属开的，是个毒品交易中心，这个厨师是看到了别人的毒品交易过程，被弄死了之后从楼上丢下来的。谣言在互联网上很快就传播开来，但当地政府不当回事。最后，800多米长的街道，十几万人聚集，有人乱中放火烧酒店，砸毁两台消防车，酿成当年最大的群体性事件。

让全社会重视互联网，我觉得非常好。现在有些人对互联网的重视还是不够，哀而不鉴，重蹈覆辙。总觉得别人发生的事，那是别人的事，真正发生到自己身上的时候，猝不及防，非常难对付。

那么面对这种转型期与网络传播相结合的特点，作为主流媒体应该做什么？我觉得第一个就是要以快速赢得主动，以公开赢得信任，以权威赢得影响。现在我们肯定首先要增强及时性，当然做报纸也很辛苦，每天上午有一个采前会，下午有个编前会，晚上还有个印前会，这是为了保证我们的新闻品质。但在互联网时代，从传播的时效性来讲，我们是以小时计或者以分钟计的，比如面对汶川地震，如果很多主流新闻要隔一天才出得来的话，可能网上就是一片乱象了。其次，公开赢得信任。面对所有这些转型期网络舆论提出来的挑战，非常重要的一点，就是从政府到我们主流媒体一定要坚持公开的原则。按照国务院的政府信息公开条例，公开是原则，不公开是例外，尽量做到信息公开。再次，我们还要凸显权威性。我去了报业之后，还是坚持一点，就是要深耕主业。对主流媒体来讲，互联网的快速发展，肯定会争夺我们的一部分市场，但是我一直抱有信心，有品质的内容，在互联网上还是有竞争力的。当你看新闻内容有很多的时候，当你头脑中打下很多问号的时候，如果我们报业集团非常负责任地给大家一些非常深入、非常全面的解读，然后用客观的报道，来引导社会舆论，我相信始终都是有市场的。像《南方周末》在5月23日发表了一篇评论《何妨给广州食药监局一些掌声》，这个稿子我是给予高度评价的。5月份，大家都知道广州有一个很大的舆论热点，并扩散为全国的热点，就是镉大米。这个镉大米，当初是广州市食品药品监督管理局的新闻发言人抽检了18个牌子的大米，然后对媒体公布，我们抽检了一部分大米，80%不达标。新闻发言人本身的技巧是有问题的，抽检5个有4个不达标，就说有80%不达标，这个表述是不科学的。因为大米与每个人的生活息息相关，表述应该是科学的表述，你说抽检了多少个有多少个不达标就可以。记者在追问能不能告诉他是哪些牌子的大米不达标时，发言人说“这个不能告诉你，这个是有规定的”。这事放到互联网上很快就炒起来了，我自己很快去了解这个情况，因为以前在省里面，我就是组织新闻发言人建设的，这是很重要的工作。检测是他的责任，公布检测结果也是他的责任，但公布哪些牌子有问题，他必须有有关部门的授权，不授权的话，他是不能发布的。《南方周末》对高等教育读者还是有一定影响的，这篇评论出来之后，对大家准确地看待这个事件，还是起了很好的作用。

最后，要有强烈的人文关怀，传递正能量。以前我们《南方周末》有几句话，一直在传，就是“让无力者有力，让悲观者前行”。所以我们主流媒体的报道，千万不要让无力者愤怒，让悲观者绝望。这是我们要避免的。怎么做？我们既要注重矛盾的解决，也要传递正能量。我们这个社会有很多负能量，如群体性事件，给社会传递的都是负能量。主流媒体要责无旁贷地担起传递正能量的责任，让那些遇到困难、陷入困境的人，还有那些走投无路的人，看到希望。我们常说，这个社会充满戾气，动不动就有人杀人。我们社会为什么会有那么多戾气？从个体来讲，就是个人正能量不够。到底怎么样看待个人的境遇，看待个人和社会的关系？我一直觉得，主流媒体一定要责无旁贷地承担起责任，既要正视矛盾，同时也要让受众对化解矛盾充满信心；既要看到困难，也要看到解决困难的希望。

我们一方面要倡导市场经济，看重市场经济的效率，另一方面也要注重人文关怀；我们一方面要强调包容多元，另一方面也要强调弘扬先进文化。譬如说“小悦悦事件”，国内外媒体都很关注。当时互联网上大家对社会道德很悲观，《南方日报》抓住网友这一心理，根据这一事件，设置了一些爱心道德议题，所以现在广州市好人的评选活动做得非常好。我一直感觉，无论市场经济发展得如何好，这个社会更多的还是需要善的一面，这就需要媒体去引导、激发。

二、新兴媒体与传统媒体密切互动

在前面，我讲了互联网的发展和新兴媒体的崛起，对我们南方报业传媒集团产生的影响：

一是互联网影响到我们传统媒体的议题设置。互联网上很多话题是传统媒体不能够使用的。

二是网络传播会影响我们传统媒体的报道风格。现在我们很多报纸，甚至有时候整版引用互联网的网络言论，文字风格也受到互联网的影响。举个例子来说，现在很多词大家都已经司空见惯了。其实，没有大规模出现之前这些词到底合适不合适，这些词到底是什么意思，大家并没有仔细摸索清楚。比如说“kao”这个字，现在我们评论里面也有用这个字的情况，又比如“屌丝”等，这些都是非常脏的字眼，甚至比国骂还要脏，父母教小孩不应该用这些字。但是我们的记者，或者说我们的评论员也好像完全司空见惯了。我和互联网打交道多年，我知道这些词是怎么来的。

三是网络用户影响传统媒体的思想。现在是第一代通过互联网阅读的时代，通过互联网阅读，对传统媒体的冲击肯定是会有的。因为一个很残酷的现实就是，我们对新闻的版权保持不够。

四是新闻阅读在网络阅读时代值不值钱。其实，网络阅读很大一部分来自我们南方报业传媒集团，但是读者没有支付任何费用，我们就当成服务社会。

五是网络营销影响传统媒体的经营效益。互联网的传播向电子商务方向发展影响我们的经营。

那么主流媒体怎么应对？我觉得概括起来就是四个原则。

1．从内容上讲：面对网络舆论热点，我们要关注、要引导，但是不能盲从。我们要始终有主流媒体秩序，有责任担当，不能说互联网媒体说什么，我们就跟着转什么。

2．面对网络舆论的关键是要甄别。我觉得是学生也好，知识分子也好，非常重要的一点就是对知识的甄别。很多场合我跟朋友聊天，朋友会说互联网应该传什么不应该传什么。我就问他："以你本身的判断能力，你觉得这些东西可信吗？"有可能信息本身的缺陷很明显，但我们很多人转发这个信息时，有没有想一想这个信息是否靠谱，值不值得转发。对我们媒体更应该这样要求。

3．面对网络营销的到来，要如何应对，这是一个很重要的问题。我想等两三个月，这个话题我会谈得很清楚。南方报业传媒集团向数字化转化，在全国做得比较早，向全媒体转型也有很大成就。什么是真正的互联网化，怎样成为真正的互联网媒体，如何与互联网媒体进行竞争，这些方面我们都在积极应对。我们向互联网转化我们的品牌优势和内容优势，作用已经开始凸显了，同时为不同的转型发展形成支撑。

4．面对互联网特色，我们该如何做？对全盘互联网化，我持怀疑态度。譬如南方报业传媒集团，我们拥有一个强大的新闻品牌，我们甚至可以不做新闻媒体，我们做网络媒体全盘互联网化。起码从现在来说，我认为全盘互联网化是不一定靠谱的。而与互联网媒体竞争时，我们一定要凸显自己的个性，依托自己的优势，做自己该做的事情。在主流媒体如何应对上，在这里我给大家举个例子，解释一下当网络上发生争端时，我们应该怎么做。2011年6月底，渤海发生溢油事故。事发公司几天都没有消息披露，互联网上演化得非常复杂。南方周末记者经过非常艰苦的取证后给了一个独家报道，他们没有针对央企的垄断、美国公司的在华作恶、政府主管的软弱无能等，而是以专业的态度探讨中海油和康菲公司的责任化和生态责任法等问题。

基于这个传播规律，首先报道的媒体具有设定议题、牵引议题以及引导舆论的责任。所以，我们在渤海溢油事故后一直在引导舆论。另外，面对网络舆论场，我们要打通两个舆论场。不能够分离、巩固和扩大国内的舆论监督。如果说我们的主流媒体只干自己的事情，固步自封，在互联网上完全不加分辨，会出现什么局面呢？就是两个舆论场的分离和对抗。

我们南方报业传媒集团那么多报刊，包括我们的新兴媒体，在互联网上的很多东西都是分开的。我们说引导舆论，就是两个舆论场的问题。要针对性地引导。两个舆论场重叠的部分越小，舆论引导的针对力就越弱，这是一个基本的传播规律。

包括77元廉租房事件。2011年元旦，胡锦涛总书记到北京慰问廉租房家庭时，央视播出来一个新闻，《人民日报》也对此报道，说只需要交77元就可以住上廉租房。这是一个习惯性质疑的年代，在互联网上马上就有很多汹涌澎湃的声音，要么是户主说假话，要么廉租房住户是有关系。在这样的情况下，南方都市报派了五路记者，对这一事件的细节进行深入了解调查报道。这对平息网络热点起了非常好的作用。

所以我经常讲主流媒体能够凸显自己引导舆论的力量，在网络舆论的热点上，发挥自己的优势。我们给大家展示的是权威、客观的信息，这样我们才能在舆论市场上站稳脚。

三、国内国际舆论场相互关联

下面我谈谈当前舆论发生的深刻变化，国内舆论和国际舆论的界限问题。我在省委宣传部有个职务是“对外宣传办公室主任”。这个对外宣传，包括港澳台、国外。以前我们讲内外有别，现在内外还有什么区别呢？比如《南方日报》，我们经常说的新闻是对内的舆论，还是对外的舆论呢？

中国的国事和所谓的国际舆论的报道热点有什么差别呢？随着中国改革开放，我国国力快速增长，国际地位不断提高，中国已成为第二大经济体，我们的经济增速是全世界关注的。中国经济的增长速度跟欧美经济乃至全世界经济有密切关系。所以，国际舆论更加关注中国，关注中国的经济贡献等。

境外媒体在频繁地使用国内媒体信息，比如说在乌坎事件中，我们了解他们报道的内容就是我们在互联网世界了解到的内容。也有领导问我，“莫高义，你了解一下到底有多少人报道乌坎，到底都有哪些观点？”我是怎么回答的呢？我说很难有准确的数字统计到底有多少家媒体报道乌坎，只能说很难找到一个没有报道乌坎的媒体。到乌坎来的最多有150多家外国媒体，一个媒体代表一个国家，150多家媒体就是150多个国家，这已经超过我们亚运会的工作了。亚运会期间，也没有150家媒体来报道亚运会。乌坎村吸引了这么多外国媒体来报道，竟远远超过亚运会的媒体。但是我发现，境外媒体引用的消息是我们国内的新闻，这很重要！尤其是所有境外媒体都引用了南方报业传媒集团的消息。

现在很多境外媒体都可以来中国，频率是很高的，国内的媒体受制于境外媒体。现在很多地方出了事情之后，为了营造好的舆论环境，可能有时候和某些媒体打招呼，让他们在适当的时候说。我也非常负责任地告诉大家，现在宣传部门对公众关心的话题并不想回避，也不允许对一个公众关心的话题不说话。

但是，也有另外一个问题：是不是所有的问题都应该马上说？这个问题也需要考虑。站在政府的角度考虑，不是说马上说就好。可能一些公安的刑事案件，如果太早报道的话，很可能对案件的调查、抓逃犯会产生一些负面的影响。

所以，像我们对乌坎事件的处理，面对境外媒体侃侃而谈，甚至面对上百号境外媒体的记者开新闻发布会。

另外，就是国际问题的国内化。在全球化时代，其实，国际问题也不应该国内化。包括占领华尔街、朝核问题等，任何舆论的言论，都会引发国内外媒体的关注。所以有时候我们报道一些国际新闻，要考虑是否对社会带来一些负面影响。

这些年，中国发展到今天，信息流通非常快，大家有没有关注一些新闻事件，关注一些媒体的报道，包括它的角度，它到底追求什么？中国的发展一方面与世界息息相关，另一方面，世界上国情的跨国主义应该是存在的。因为我们这么大一个国家，需要全球资本，需要全球资源，但是我们也在为世界的发展做出自己的贡献。在西方经济体系、政治势力中，对中国的政治模式采取的敌对措施越来越多。包括中亚的颜色革命、中东地区的茉莉花革命，都有一个敌对势力。他们也希望这事在中国能够开花结果，这就是这些国外媒体的目的。

还有一个问题就是边疆问题政治化。境外媒体对国内报道有一个趋势，他们会把政治制度跟体制化改革联系在一起。这里我想说个什么问题呢？因为大家以后都会成为媒体的骨干，在报道社会发生的冲突事件时，对捍卫国家利益、对一个事件的舆论引导，能够发挥重要的作用。

处理具体事件的时候，一定要按事实说话，一定要是什么事情就说什么事情，我们不要自己把事情政治化。我们把事情政治化后，在舆论上的影响就非常糟糕。另外，境外媒体把这些问题政治化就是我们需要提防的，他们就是想扩大这件事情的影响，影响我们的施政基础。所以，大家写报道时，一个事件是什么事就应该是什么事，不要受社会的影响。

对国内舆论和国外舆论界限化的问题上，一是报道国内新闻时，要不受影响。我们要考虑自己的国际影响力，要关起门来说话，因为我们的任何一个敏感事件、热点事件，都有可能成为国际媒体炒作的立场。二是我们解读国际新闻时不要危及国内的舆论界。

我们有一篇报道《与其“被”主角，不如当主角》受到了总参的高度评价，这篇报道涉及很多热点问题，如黄岩岛、钓鱼岛，总参专门表扬，说我们的报道视野宽广，客观公正，刊发以后在国内外引发激烈反响，并且还希望能够战略合作。

网络生态和舆论转型的深度变革，新兴媒体和传统媒体的密切互动，国内舆论和国际舆论的界限问题，这是目前国内舆论界的三大变化。这三大变化相互影响、相互叠加、相互作用，形成了国内舆论的三大变化。

面对舆论生态的变化，我们无论是在舆论方式上还是在立场态度上，都要与时俱进。要承担起社会责任，要敢于改变传播策略，加快转型发展，推动改革发展，维护社会公正，捍卫国家利益。

（演讲主持：梁坤、刘方远；点评：范以锦；录音整理：崔小远、伍中梅）

热的社会，湿的未来
——互联网时代的行动逻辑

嘉宾：南方网总编辑　曹轲
场次：第6期第5场
时间：2013年7月17日上午

各位早上好！这个题目比较虚，出来以后很多同事问我到底要讲什么，我也不知道怎么说好，等下讲完大家看吧。这是我这一年比较闲的时候的一些思考，不像第一课浙报的高海浩社长那样，因为他已经有一套理论和思路，也正在浙报实践。浙报在全媒体转型方面，在全国都是比较领先的。当天下午，我们也请高社长到南方报业做了一个演讲，也是同样的内容，并做了一些比较深的交流。也有广东其他的一些同行，包括南都现在的执行总编庄慎之的演讲，都讲得很实际。但我在想一些问题，就是我们现在谈的问题，还有我们将来面对的一些问题，可能还有一些大的背景，还有一些面对的状况必须清晰下来，否则我们谈的很多话互相之间语法不通，或者同样用的一个词，其实互相之间都不知道说的是什么。

我大概会先花一点时间讲一些比较虚的东西，也是我正在思考的一些东西，这些肯定是不太完善的，所以你们不要当成大学老师教科书上的东西，也不要当成一些正在做的东西。我有一次发微博也说了，我特别喜欢左边这张图，我当时就下定决心，做任何PPT都要把这张图放进来，一定要找个理由把这个放进来，我特别喜欢这张图。

这张图展示的是北京的一条路，我觉得虽然拐了很多弯，有360度的，有270度的，但它最后还是走过去了，特别牛！右边这张图是广州的，其实也是走得通的，下面我结合我的感受讲一下。

未来

“热的社会，湿的未来”是我定的题目，融合了麦克卢汉以及《未来是湿的》那本书里的话，“互联网时代的行动逻辑”是我自己编的。我觉得我们现在谈的互联网的技术与概念甚至操作特别多，新媒体的各种形态也越来越突出，但是互联网背后的逻辑是什么样的呢？不管是不是从事媒体这个行业，还是像他们说的“所有产业即媒介”，我们必须有一个共同的行动逻辑，或者说我们必须面对或者接受的一个逻辑，如果不能接受这个，可能谈任何层面都是南辕北辙。

我为什么特别喜欢这张图呢？因为它很像中国，只有中国的智慧才能设计出这么漂亮的桥来。我后来查了一下资料，这座桥是北京的一个世界第九奇迹还是什么。网上还说，两个老大爷在这座桥上坐了一段时间，都得神经病了；一个交警调到这个桥上执勤，然后就辞职了；拉登的恐怖组织成员到北京后，在这个桥上下不来。我专门去北京找过这座桥，但我当时缘分不够，一个朋友带我转了半天也没找到上去的路口，两次从这里过去，都没上成这座桥，所以很可惜。这是下次我去北京旅游的一个自选项目，一定要去一次，才能感觉到我们的前途和道路与时间之间的关系，对曲折有一定的信心，对前途有一定的信心。

这条路就在我们广州，从羊城晚报往前走就到了这个路口，它不许前行，不许左转，不许右转，但是通的，其实你们到那儿就会知道，它是通的——掉头。没想到吧，就是说没有一条路是不通的，在我们感到绝望的时候，一定要想一想，交警想过我们应该怎么办，只是我们自己不明白。但是我后来才发现他们最近把这个标志改了，更环保了一点，把三个箭头合在一个牌子上，那个箭头就比较漂亮了，一个朝前，一个朝左，一个朝右，显得很对称，又少了两块牌子，这是交警的改进，但还是只许掉头。

我为什么又看到这个路口？因为等我讲完，你们会发现我这个PPT是4月份做的，当时正在党校学习。当时刚好有个背景，就是我们第一夫人亮相的背景。从图上那个只许掉头的地方，如果允许右拐的话，我们就会看到一个例外的品牌店，第一夫人现在穿的这身衣服就来自这个店，听说它的衣服现在也涨价了。

我当时还冒昧地概括了一下，十八大之后我们的国家怎么办，或者说我对十八大的理解，现在看来特别粗浅。当时网上也是这么概括我们十八大之后的中国的，认为就是三个字：梦、路、鞋。一个梦，中国梦。一条路，特色社会主义道路。还有当时习总书记在俄罗斯讲的鞋的问题，合不合脚只有自己知道。

所以我当时就按这个逻辑列了三句话，既要提新的梦，那看来就是要换个地图了，就像打游戏一样，要换下一关的地图了，可能就要调角度，路都变了嘛，或者要调整得更明确。那鞋嘛，既然穿了自己的鞋，就走着瞧吧。但这个理解肯定不对，所以在新一轮党的群众路线教育实践活动中，我们要重新开始学习，重新认识自己的不足。

为什么讲互联网时代的行动逻辑？我是出于这样一个考虑，我认为农业文明社会一定有它的哲学和逻辑，在我们中国就是儒、释、道的一些东西。到工业文明时代，包括清末民国初年以及五四时期的中国近现代化进程中，就有了西方哲学融合。不管是原来的民主科学，还是后来的其他哲学，以及现在主流认可的马克思主义，我认为都是西方的一种哲学。但它同时也是工业时代形成的哲学，带来了工业时代很多的话语和逻辑。如果现在我们认可的第三阶段开始的话，就是信息文明，也一定该有它的哲学和逻辑。但是没有人这样写。所以后来我就找了这一堆大家认为比较热门的书，从中找了一些话，希望能找到相关的一些逻辑。

第一本《失控》，我很喜欢，觉得可以把科技写得像科幻小说一样，就是失控。

第二本《未来是湿的》，提出了“未来”的概念。还有其他几本书，如

《认知盈余——自由时间的力量》《信任代理》《众包》，以及最流行的《大数据时代》。

我认为这些书里的东西，基本能代表现在这个阶段，是我们有限的知识和视野对互联网时代的一个判断。但是我认为还是不够的。在中国，我认为还要看一些跟中国结合的具有中国特色的信息时代的哲学，所以我最近看了很多八卦的小说，像《斗罗大陆》《搜神记》《莽荒纪》，我希望能找一些中国能接受的互联网哲学。

《斗罗大陆》是我一个同事的11岁的小孩推荐给我的，据说已经出了几十本，他在网上看更加容易。我现在在想，中国几千年来的哲学会不会就是这三个逻辑在打架，或者在递进？可能毛泽东这一代领导人，或者蒋介石这种人，看曾国藩、王阳明的东西比较多，武侠就是看《三国演义》，对江湖的各种钩心斗角特别清楚。但是到新中国后，在我这代人，可能流行的就是金庸的武侠小说，是那种江湖的气象。但是到现在你们这些人走入社会，或者我的同事的11岁的小孩儿，他将来毕业了，做了媒体的同行，或者成了一个教育家，或者从政以后，我相信他的逻辑就是《斗罗大陆》的那套逻辑。他的逻辑很容易变成游戏，所以我就发现这些小说很会换场景，方便过关，方便设计游戏场景。但是他的逻辑就是这样。

所以我认为，我们要掌握未来，或者摸到未来的边，向未来靠近一点的话，可能真的逻辑就在《斗罗大陆》里，绝对不在金庸的武侠小说里，更不在《三国演义》里。虽然我们现在一些新的游戏小说也用了古代的武侠，或者这种道义为先的理念作为情节，但我认为现在可能就是这样。

我那个同事就是《南方周末》原来的总编向熹，我现在很喜欢跟他儿子聊天，我觉得他的逻辑就是将来的逻辑。甚至上次向熹也在这里讲过，他儿子在家里设计过一个报纸版面，他认为那个阅读习惯应该是一个圆形的回转，头条往右，再往下，一直转到底，然后再转到中间。但是现在的报社美编画版都不是这样的，他认为二条才是二条。所以我相信下一次报纸的版式变化应该听这个人的话，否则阅读顺序肯定不对，或者我们认为重点需要他接受的东西，他没有认为是重点报道。这是一个感觉，不一定准确。我也是把这个话题抛出来跟大家做一个沟通吧。

我对热的社会和湿的未来的一个概括，也是把来自于麦克卢汉和《未来是湿的》作者克莱的两个观点拼在一起，希望没有把他们的意思概括错。

社会

根据麦克卢汉在《理解媒介》中的观点，他认为冷的社会就是高度集中的、秩序化的、强调服从的社会，热的社会是高度参与、自由化、强调个性与创新的社会。现代社会应该是继农业社会和工业社会等传统社会之后一个新的社会发展阶段。那么从传播学意义上说，我国的传统社会如果是冷的社会的话，现代社会就应该是一个热的社会。而处在这样一个热的社会形态中，媒体可能每天都面临各种社会冲突事件，采取什么样的方式报道，如何体现媒体的价值和社会责任，这个问题是需要迫切回答的。其实也没办法回答，因为在回答的过程中，我们的人已经在变了。我觉得我们已经比以前的人会更加焦虑，包括我们在这儿谈行业未来、谈社会的时候，可能我们同时在想在哪里工作比较合适，或者说去哪里供房更加划算。所以有时候做学问，或者说面对这个未来的时候，我们自己内心也是一种燥热的状态，这个不知道算不算一种热。

《未来是湿的》是那本书的书名，我把它概括成“湿的未来是指互联网进化带来人人时代的个性化生命空间”。未来为什么是湿的？按照这本书的序者胡泳教授的话概括，他认为中国的社会太干巴巴了，需要加湿。互联网就是中国的加湿器，未来的加湿器。所以胡泳说一定要把这本书的名字译成“未来是湿的”，而不是它的本义。因为按本义翻译，应该叫“人人时代”才对。当然他后来在第二版的时候，又老老实实地翻译成“人人时代”了。就说我们中国的翻译者，包括大学老师，还是一种铁肩担道义的感觉，还是想把他的情感灌输进去。所以他当时把书翻译成“未来是湿的”，我想他更多的是希望吧，他也找了很多理由来为自己辩护，所以胡泳后来在序里面还说：“湿是协同合作的态度，湿是社会资本的累积，湿是社会由一维到多维，湿是政治文化从一元到多元，湿是交流空间打破鸦雀无声，走向众声喧哗。”我觉得这是在说他自己的话，我估计美国这个作者根本就没这个意思。他是老师，不知道想到哪里去了，说了这一堆。但是我们为什么喜欢这句话，而且都去引用呢？说明我们也想借着别人的话说点什么，这就是文人的毛病。

还有《互联网周刊》的主编姜奇平写的序里推荐的一段话，也是这样讲的。姜奇平说："我们在历史上高估了计算机联网的价值，而低估了社会联网的价值。所以我们花了过多的时间，用在解决技术问题上，而不是为了解决使用软件的人群的社会问题上。"按照《未来是湿的》作者的一个概括，其实我也没明白这个概括。他不想用"硬件"和"软件"的概念，而是用"湿件"和"社会性软件"的概念来进行区分。大概的意思是这个湿件是用来描写信息系统中的人，人的心理和生理的一些微妙的互动，这些无法用"软件"和"硬件"来解释的现象，可能就是湿件。他其实就是在讲人的力量或者人与人交往中所形成的一些东西。

刚才推荐的书中还有一本叫《认知盈余——自由时间的力量》，也是克莱写的。包括那本《失控》，我觉得大家如果有空还是去看一看。其中的文章都很短，大概每篇就一两页纸，可以随便找一两页看都没关系。中间没有什么延续的逻辑关系。《失控》的作者比较传奇，可能在互联网IT界都喜欢引用他的一些东西，他们说他影响了乔布斯，影响了黑客帝国，等等。我后来买了他另外两本书，觉得也很难看。一本叫《科技想要什么》，一本叫《技术元素》。他又开始探讨科技的一些困惑，或者说有些反技术的倾向，但是可能在中国，我们还是缺技术，或者说五四所讲的"科学"，不光是"民主"，也有"科学"的东西。所以我们应该反过来看那些书，看那些外国人写的管理互联网的书时，觉得很难受的就是，他们用很多细节反复论证的概念，在我们这里觉得不着边际；而有些一笔带过的概念，在我们这里可能是花很长的时间也解决不了的问题。

我扯得远一点，读最早在我们那个时代比较流行的GE总裁韦尔奇的管理学的时候，我就觉得很绝望，因为他在谈到人事管理包括离职、辞退、调整的时候，就说了一句话，让合适的人上，干什么事都行，然后他大量地开始谈管理怎么干，干什么。我说凭这句话，这本书在中国已经没有价值了，因为它在中国就做不到。合适的人一般很难上到合适的车上去。你没发现？

这个不是我的观点，"互联网技术，推动了社会民主化"，我买这本书时在亚马逊上找了一段书评，我希望能接受它吧。对我来说，这句话可能显得不正确，引用一下不知道合不合适，探讨一下。“互联网促进了民主化进程，特别是对娱乐文化产业的生产方式民主化造成影响，原因在于教育民主化、工具民主化和营销民主化。互联网技术发展碾平了以前只有精英或很少人才能享有的教育以及使用工具、营销方式上的垄断地位，去中心化，真正解放大众的力量，展现我们每个人的个性化。”

我觉得它一定能做到，包括现在任何媒体，传统媒体包括主流媒体，都做不到的一些资讯传播，或者观点传播，在互联网上虽然不断地删删减减，但它还在传播，这就说明互联网在中国也能看到同样一个趋势。我希望我们有这样理解的背景。

我就上面看的这些书，包括《斗罗大陆》和一些武侠小说，做了一个概括。我认为互联网世界的哲学应该是这样三句话，和大家探讨。我的这三句话是很有意思的：

第一句，无权力者的权力。这句话用互联网的逻辑来讲我觉得可以引用。我本来还想加一句“去政治的政治”，后来我把它删掉了，变成了三句话，意思差不多。

第二句，无组织的组织力量。这是《未来是湿的》那本书的副标题，我觉得可以拿出来讲。

第三句，没有专业生产的生产。不光是针对新闻生产，还针对其他行业和产业。

我认为从这三个方面可以概括互联网行业的一些规则。对“无权力者的权力”，我们可以从现在互联网上到线下的一些事件的反响来理解，虽然有些模糊，但是我觉得可以有一些真切的感觉。不管是最近江门的核工厂叫停，还是前段时间的唐慧案件，都体现了某种无权力者的权力，它有它的表达方式，呈现的渠道也能达到相应的效果，逻辑上是对的。

在江门叫停的核工厂事件中，你说一定有一个很严密层级的组织吗？未必有。所以我们总是讲要抓一个头目，抓一个组织者，或者活跃分子。它可能会有比较活跃的人，但未必有层级严密的总指挥，也未必有专门的宣传部，或者后勤部，但它一样可以做成一件事情，行动一样很有规则，目的诉求很明确。这个从美国占领华尔街运动也可以看来，很多人在分析美国，觉得美国人无聊，又抗议，又不行动。坐在那儿吃饭、聊天、唱歌就叫行动？那就是政治，他没谈政治就是政治，他没有组织就是组织。我认为互联网时代出现这样的变化，无论是以前工业时代的规模组织也好，或者政治运动也好，还是靠某一个理念层层发动组织的活动也好，未必能打得过这种无组织的组织。所以我觉得我们可以关注，虽然现在不是这样，但我们中国更容易出现这种无组织的状态，我们要了解可能有这种规则存在。

没有专业生产的生产，我不讲别的行业，回到媒体，大家更容易明白，不管是现在讲的这个自媒体，还是UGC，用户生产、用户自我满足的生产服务，都体现了这样一个生产过程。我很想找那些11岁正在看《斗罗大陆》的人探讨这个问题，但他们目前可能对这个没兴趣，等他们长大了，我怀疑他们用的就是这套逻辑，但他们现在可能懒得去概括。

所以我觉得很矛盾的就是，学了一辈子的东西，后来发现很多东西都应该被颠覆，这是非常痛苦的。这个时代如果没过去的话，我们学了几十年现在还可以弄个教授或者什么的，教育一下别人，但现在发现不可以了，应该去学习，而且是向未来学习，这是一个比较痛苦的过程。我们希望我们能努力适应，能跟上未来。能跟上的话，可能会做很多事情，或者生活得更顺畅一点，对很多事情的理解也会更明白。

现代化与现代性，我认为开始有些松动、有些反动、有些扭动。被互联网加速并加湿了的未来，带来更多的不确定性。而热的社会、热的关注、热的冲突、热的转型，也需要一系列的变革，包括思维变革、商业模式变革、社会变革和组织变革，都是可以谈得很多的。

我跟大家的感觉一样，对浙江日报高海浩社长的一些观点和浙江日报正在做的事情，特别喜欢和认同。我觉得全国党报里，做得比较像样的可能就是浙报，当然也有很多问题，它最大的问题是高海浩社长比较强。那就很麻烦了，回到了一个所谓精英统治、或者强人政治才能用铁腕手段推行的时代。其实我们都隐隐约约会有这样的担忧，我们希望出现一个强人，帮着把现在一些不公平的事情很强势地、不加讨论地、没有那么多负责协商妥协的过程地解决掉。转出一张地图来，就能打通那一关，但好像又没有这么简单。

我上两个月在北京见到在我们这行比较认可的烟台日报原来的老总。烟台日报的全媒体应该是全国最早的，是十几年前就有的，现在谁还记得烟台日报的全媒体转型？我那天在北京见到的那个老人家，就是当时转型的负责人，他的名字叫郑强。我就问他：“你是不是因为名字有个强字，所以显得像个强人，所以你走了，后面就没有声息了？”郑强他老人家也很敏感，他说：“你这样说肯定是错的，如果我是个强人，说明我们的机制从头到尾都错了。”你叫郑强怎么办呢，他已经退休了。所以我现在衷心地希望我们浙报的高社长不要高升，留在浙报好好干下去，他有可能成功，如果他在那儿干太好的话，升官了，或者调走了，我看浙报后面也会很惨，这是一个没有体制保障前提的改革下的悖论。

还有另外一个悖论，我也希望跟大家探讨一下，这个是操作层面的，也不知道说这个妥当不妥当，反正你们不要把这个当成素材就是了。有人在问我浙江日报的成功，是商人的成功，还是媒体的成功。这也是一个问题，但是浙江日报没有这个痛苦，他们从来没有把媒体看得非要像一个工具，或者一个喉舌，或者承载某种责任的一个使命感特别强的东西。我发现高海浩的讲课跟我们南都的庄慎之讲课不同。庄慎之讲到各种形态后，一定要讲回一个核心的理念：“我们变了，但实际上我们什么也没变。”但你没发现这就是一个纠结的地方？你在坚守什么就说明什么东西要不要坚守还有争议，但高海浩没这样的痛苦，这就是浙商的好处。这个是从胡雪岩开始的红顶商人的好处，没有这个痛苦。他认为政治可以加分，可以改变环境，他就会服务很好的政治环境；他认为退300米可以做得更好，他一定会退300米。浙商的特点是，他在响应政治的时候会走得更快，但是他躲的时候也会躲得很远。因为他首先是一个商业的逻辑，南方报业与浙报的基因不同，我们也想转基因，他们也想转基因，但是两者说的意思根本不一样。他们转基因是希望报业集团变成一个以互联网打底的全媒体集团，我们则希望互联网打底之后的全媒体集团还能承载什么。谁是对的呢？很难说。肯定都是对的，或者这两个集团都会成为未来中国报业集团转型中的两个高点吧，但它们的方向和路径肯定不同，所以我们请高海浩来座谈，好好学学浙报这一套，同时也让他刺激一下我们，但是我们刺激完也最多学他的1/3。我们想去刺激他，估计他也不上当。

话语

学习一下红色宣言——《共产党宣言》，里面有我非常喜欢的一段话。用马克思的话来讲，我相信观点上首先容易正确。学一下浙报这个红顶商人，再念一段《共产党宣言》：

“一切坚固的东西都烟消云散了。生产的不断革命，一切社会关系不停的动荡，永远的不确定和骚动不安，这就是资产阶级时代区别于过去一切时代的特征。一切固定的冻结实了的关系以及与之相适应的古老的令人尊崇的观念和见解都被扫除了，一切新形成的关系等不到固定下来就陈旧了。一切坚固的东西都烟消云散了，一切神圣的东西都被亵渎了。人们终于不得不冷静地直面他们生活的真实状况和他们的相互关系。”

我查了一下，《共产党宣言》很牛的，是目前发行量最大、版本最多的一篇文章，很长，德国人的文字又不像中国那么精炼，欧式语法很复杂，但是我们还是应该学。因为马克思带来的理论，后来成为世界上影响这么多人乃至大国的一个理论，成为共产党一个执政理念的核心，一定是有它的道理的。当然后来我也查资料，知道马克思当时才38岁，恩格斯还比他小两岁，30多岁能写出这样的文章，我也很佩服，像我们现在都40多岁了，都不好意思写这样的文章。他一个人敢这样说话，浩浩荡荡面对历史，要颠覆历史规则，这也是马克思让我们很崇拜的地方。但我很喜欢这段话还有一个原因，他是在讲资产阶级刚刚兴起的时候，对资产阶级做出的这样的判断，他开始用一个颠覆和解构的观点，来面对他所在的工业文明，那我想如果马克思面对互联网会干什么，我也不知道。他加很多感叹地说，“一些坚固的东西都烟消云散了”。我觉得他会讲得更加长，说得更加猛烈。

社会形态变化的时候，相应的逻辑规则一定会变，这是没有办法的事情。我们在农业社会，是用儒家、佛家、道家来讲道理的，因为没有科技，我们就看看天象，看看人际关系，看看太阳一年四季的变化，看看就知道自己在哪里，人与自然的关系自然就是那样一种关系。到了工业社会以后，面对规模生产，面对工业生产，面对流水线，我们一定会有一个陌生人组成的团体，一个流水线工作的群体。它会带来一个行业，甚至带来一些专业的技工，然后我们的大学分工就会越来越细。比如汽车就可能分成几个不同的专业，这就是工业社会，它一定会带来与之相应的一系列逻辑规则的变化。我们以为我们在创新，其实我们都在适应马克思说的这套生产关系。

因为我现在看书看得杂，在看那些科幻穿越小说的同时，我也看了其他几本书，这里附带列举一下其中两本书。一本书名叫《一切坚固的东西都烟消云散了》，因为它后来我又买了另外一本书，叫《并非一切坚固的东西都烟消云散了》。我们学新闻的人，对于社会学、哲学了解不够，所以希望多学一点。

回到自己，我们面对这样一个互联网的逻辑，假如它是成立的，或者它可能是成立的，那我们的改变，我认为应该首先从语法开始。这个语法不是简单的我们中文系的语法，而是指话语的语法，或者一些沟通的语法的变化。现在在传媒行业，大家比较认可的观点就是面对现在的舆论形势，我们应该面对两个舆论场的概念。现在官方已经接受这个，应该是十年前还是几年前新华社的总编辑南振中提出来的。他认为官方的话语和主流的话语是一个话语场，网上的话语和某些知识分子的话语是另一种舆论场。这两个舆论场需要有更大的交接和重叠，才表示社会比较稳定，比较容易达成共识，这是他的观点。但后来我们有人反驳说，这两个舆论场能重叠能交叉吗？只有他影响你、你影响他的一个渗透，或者谁占优势的过程，然后从两个舆论场深挖出的关系是三种话语体系的问题。这个大家可以上网查一下，现在很热门，很多人在写这种论文。

我比较欣赏的是人民日报的评论部主任卢新宁的一系列表述，你们可以找来看看。卢新宁在人民日报搞了评论部的改版，包括一系列的评论，这几年都很有影响，包括人民微博里面的那些评论，也是人民日报评论部在做的。他们对舆论场的理解，对话语体系转换的理解，对传播生态的理解，我认为是比较到位的，否则他怎么能让网民对《人民日报》的文章做一个话题关注呢，他一定有他的道理和理解，我认为他们做得很好。

当然我认为，现在有两个角度的话语体系也很可怕，一个是官方的话语体系，就是领导的讲话，包括政府的文件报告，这类语法我们要面对，否则可能我们就没办法知道政府实际想说什么，或者他那么一个长篇的东西里面的意思是什么。我们经常上网的人，或者年轻一代的人不太喜欢看那些东西，但我还是支持大家去看，或者尽量去理解官方的话语，因为其实政府的资源是最多的，政府的政策影响到相关的行业或者我们每个人。

另一个是教科书的话语，大家都比较理解了，因为我们都当过学生。教科书再改革，一看还是教科书，没什么探讨的观点。而且那套语法会影响我们走入社会的一些语法，会影响到我们将来写的文章，或者我们说的话的语法，这个是没有办法的。

那我们现在面对的公众的话语概念，可能也不是简单的一种颜色，我觉得应该把它画成很碎的一大堆乱七八糟的颜色，但我不会画这个图，这个图画出来可能会很难看，我没有画。公众话语是特别多元多变的，公众之间的交流开始也会出现很多障碍，当然首先是说官方话语不灵，或者官方话语难以接受，教科书这套逻辑也要变化，也要改。其实在这个过程中，媒体的一些乱象，或者说一些变的感觉我们也能看得到。

当然我们觉得《人民日报》的评论很好，网上天天转，都市类报纸也去转，有时候又觉得《人民日报》发的文章很可恶，大家一起去骂它，其实它是在代表一些不同的声音在说话，因为《人民日报》肯定不是一个人的，它也肯定不是某个人的喉舌，它首先是一个媒体，某种意义来说是一个平台。但媒体话语可能就变得更加复杂。我记得有过这样的概括，是我自己后来临时写的，我不知道概括得全不全，可能也是有问题，因为如果这个都能概括全，就不叫话语的变化了。在新闻这个行业，从我开始上学起，我们就学习新华体，或者人民体；来了南方日报，可能要学习党报体，或者南方体。所谓南方体一开始不是个好概念，我们一开始学话语的时候，不要学习新华体和南方体，当然是指新华社和南方日报，当然后来新华社和南方日报都有变化。在我们学的概念中，这个是比较传统的或者说应该警惕的一种文体。当然中新体我们很多人不关心，因为中新社的稿子大量发给国外，或者被境外的媒体采用，它在写稿、文本呈现上，跟新华社稍有不同。但我估计也没不同到哪里去，因为它经常想从外面来影响国内的媒体话语。它又像是在国外媒体刊登，又像是在说给我们听的。我一直以来很想问中新社的同事，在他们写新闻导语的时候，“按照三个代表的要求”写成导语应该怎么写，这个导语会变成什么样子呢？不明白。还有，城市类报纸兴起后，都市类报纸的一些变化让我们会有些眼前一亮。而且我在都市报有个感觉，跟大家探讨一下。我认为一方面都市报的很多观点很深刻，另一方面《人民日报》的观点也很深刻，但我们为什么有时就会接受都市类媒体的观点，而对《人民日报》的观点看都不看就敬而远之呢？我觉得也是来自于话语的问题，语法的问题，造成一些隔阂吧。但现在网络体也不是一个唯一的体，网络上是千变万化的很多体。新媒体的体，我也不知道怎么翻。当然媒体又不能这样用，媒体在某些方面稍有借鉴，但又会用官方发布的东西或者稿件。所以它在一张报纸上呈现的时候，不管是《人民日报》，还是《南方日报》，甚至《南方都市报》，都还是会出现不同的语法，在同一张报纸上出现的问题，也很难说是同一个链子，或者说同一个所谓的价值观，还是会有一些互相矛盾的地方。

语法之间，我认为是要打通的，如果你想从事媒体的话，如果你想承担这个公共平台的服务的话，官方话语也好，民间话语也好，网上的话语也好，都应该打通。所以在十年前《南方日报》改版的时候，我提出记者写稿子不要用“群众”这个词。因为与“群众”相对的是领导或者干部，领导干部必须用“群众”，它是对应的概念，我说除非你引用领导的讲话，他里面提到广大群众啊，广大群众的心声啊，广大群众积极响应……那是他的话语，他一定要这样用，但记者写稿就不应该用这个词，因为记者不是官员，也不是干部。作为一个大众媒体的记者，应该面对公众说话，不应该用“群众”这个词，我认为从这个词上就能看出媒体是官方话语还是传媒话语，还是在适应公众的一个话语表达。“群众”这个词，很多报纸还在用，很多报道一不留神就会面对广大群众说话，我就提醒我们记者，你要面对广大群众说话。记者这样用，一定要把引号加上，或者说领导用的时候，你把它换成新闻文本，翻译过来，把跟读者的关系摆清楚。

因为媒体面对的是公众，互联网时代当然也出现了新的问题，就是公众也不是铁板一块，也在不断分解分化，有不同的利益、不同的团体、不同的兴趣爱好，我觉得如果面对分众的话，自媒体的出现是必然的，像我们前面几位老师说的那样，大众媒体出现本土化，或者社区化，或者成为垂直的精准的媒体，都是有可能的。在这个过程中，我觉得是必然的，因为公众的分解和公共媒体的消解是对应的关系。但是为什么我们现在所有这些有影响力的媒体，都不太承认分众，或者不愿意面对分众，或者面对自媒体这些挑战，因为我们认为中国还没成为一个比较大的公共社会，还没有像西方那样，有一个公民社会的概念，还没办法变成一个陌生人的社会，所以公共媒体、大众媒体在这个过程中，还有它的价值。比如可能我们明天出门后，暨大对面那片地就拆迁了，突然就挖了路了，这个在国外很多地方是不可想象的，但在中国这样一个快速城市化、现代化的国度里面，是分分钟可能发生的，任何市长都敢在自己的任上宣布要造一座新城。但这样的话，我们就会慢慢积聚很多陌生人社会，会形成陌生人之间的交往，它就需要一些大众媒体来做相应的信息承载，或承担社会沟通的一些功能。我认为大众媒体在中国唯一没办法衰落的原因，是我们还在形成这个社会，而不是媒体行业的问题。当然碰到了互联网，我觉得挺好，就是不一定非要形成一个东西打乱它，才能变成另外一个。我们现在面对的是什么状况就是什么状况。我们不一定要把自己套在某个模子里，然后告诉它，我第二天要换模式了，然后让它很痛苦还要转型。它本来就是一个状态，我们顺应它，可能比强行地扭曲它要好一些。所以现在“模式论”谈得少了。其实所有人刚刚想谈的模式、逻辑可能慢慢变得不成立。

高海浩社长也说过了，如果我们承认一个又热又湿的社会的话，我们希望自己在转型中还是要往前走，不要总做温水中的青蛙。写到这儿，我要对新来的大学生同事说这样两句话，如果他们让我说的话，不让说就算了。

第一，不要在南方“中毒”太深。因为南方很牛，有很有影响力的产品，也有全国的影响力，当然每个进来的记者都说我好喜欢南方报业，我要好好学习，但我每次都提醒他，你不要学那么多。因为你进来后，本来就是给南方报业带来变化，带来创新，带来一些新的活力的，如果你老是学的话，就很要命。为什么我有这个担心呢？因为从有的同学毕业两年后就可以看出来，有一部分人努力学，学会了，变成了一个合格的记者，甚至还有点优秀，甚至每年还出点彩，但我认为一辈子也就这样了，他变成了一个标准的生产匠，适应了，这是很要命的事情。我觉得他在南方报业适应学习的过程中，一定要有自己的想法，对南方报业有更多的挑剔，甚至对自己的想法有一些坚持。我觉得南方报业一定有足够的包容，来容纳一些大家坚持的东西，它会给予你空间去思考的，不要急于认同南方报业，然后被同化掉。

第二，抓紧时间“犯错误”。也是一个意思，希望自己去创新，就像马克思在30多岁敢写《共产党宣言》一样，你们也应该在刚毕业之后，不管是做新闻还是做学问，都要在30岁前把你想说的观点说出来，一般过了40岁以后，就不好意思说了。所以发表一些观点要趁早，倒不是说成名要趁早，因为你成熟之后，就不好意思说了。

南方

下面我再花半个多小时介绍一下我们南方报业的现状，今天庄慎之在讲话中提到了一部分，但讲得不全。这个图是我们现在南方报业打广告用的一棵品牌树、媒体树，它也是范院长在当社长的时候提出来的，所以后来我们拼命叫品牌媒体，后来我觉得不好放，就画成了一棵树，把一堆媒体放在这棵树上。

我统计了一下，最新的应该有14份报纸，按官网上来说，现在多了一个和清远日报的合作、一个和江淮晨报的合作，但都没有写进去，所以加上这两个，我们现在主管、主办、合作、联办的媒体应该有14份报纸、9份刊物、5个网站和1个出版社。但这是官方的宣传，我认为是不准的，所以我另外画了一个图，这个图更加不准，因为没有经过认可。

我们现在所说的刊，有两个刊是没有刊号的，不知道范院长认不认可。我查了一下，9刊指的是《南方月刊》《城市画报》《名牌》《南方人物周刊》《21世纪商业评论》和《商务旅行》《第一消费》《中国财富》《农财宝典》，其中，《第一消费》和《农财宝典》是没有刊号的，但是报纸里面其实有两个是刊物，比如我们的《南都周刊》《风尚周报》都被列在报纸中，因为它用的是报纸刊号，所以它被列成了报，但它又不是报纸，大家如果看《南都周刊》或者《南都娱乐周刊》就知道它是刊物，因为用了报纸的刊号，所以我们现在把它列到报纸里去了。官方公布的是12报、9刊、5网、1社，我就冒昧地改成了14报，最后以官方网站为主，以出版局登记的为准，但是另一方面《南都周刊》变成了两个刊物，也是不对的。

下面我来讲网。5网是指南方网、南方报业网、奥一网、凯迪网、大粤网。其实这个也不太对，因为在我分管之后，南方报业网已经萎缩了，变成了集团的官网而已，就是宣传一下我们的品牌、活动，像任何学校、企业都可以做的网，它不能叫新闻门户，所以我认为它不应该被称作一个网。其实严格来讲，大粤网也是我们跟腾讯合作的一个网而已。

看看网站，这是最新权威发布的数据，昨天才统计出来。有30家以上的网站，比报纸多，比刊物多，这是我们真实的网站情况。我也不知道网站多了好不好，但我感觉我们是太多了，不是一般多，其实还有几个没统计。因为《江淮晨报》是我们和安徽报业合办的，所以电子报是在安徽合肥在线的网上；南方法制报的电子报挂在广东公安网上，公安主导比较多；实际影响比较大的清远新闻网，我们又把它当作南方网的一个子频道看待，所以我也不知道统计得多了还是少了。

夸一下南方报业吧，除了我们有30多个网站，我们还有这么多的官微及其他各种产品，全媒体覆盖人群很多，不管是南方都市报，还是南方周末，甚至我们南方日报的官微最近也突破了100万的粉丝，人物周刊也不错。除了官微、微信产品，我了解的还有几种新媒体的产品，如iPad、iPhone上的那些产品，还有我们南都周刊、南方人物周刊、南方周末做的一些视频节目。还有我们的凯迪网、21世纪、南方网都在做一些舆情产品，我认为这些也是新媒体的产品。这里面有两个网，你们没看过，我也没看过，我不认为这是一个辉煌的成绩，它是一个乱象。其中一个叫政坛网，是我们南方杂志社办的，我走访了一下，发现只有四五个人，一个主任、两个编辑、一个实习生，还有一个技术员。但它还不是人数最少的，人数最少的网是哪个，我就不说了。有的网站只有一个采编，还有一个技术人员。但我们的网站最多达到了100多人，现在人数最多的是南方网和大粤网，还有21世纪的网站也有100多人，所以我们集团现在整体上新媒体的投入加起来也是不低的。以前没统计过，2012年我才统计，但也没办法统计清楚，它是跟报纸交叉的，人员是报纸派生出来的，混在一起，甚至营收和绩效考核也是合在一起的。2011年统计有1.38亿的收入，2012年达到了2.54亿，我粗略地算一下利润，达到了3000多万，应该说高于报业的平均利润，如果从报业集团的利润来算的话，我们报社的利润跟银行利息差不多。但是新媒体的统计还是两位数的增长，所以高海浩社长讲他浙报的目标是新媒体收入要达到2/3，甚至更多，我觉得是可能的，因为主业在转型升级，主业的构成在变化，主业的收入或者新媒体的收入一定会有新的变化。

这个数据是用以表示南方报业在转型中还是有所作为的。我们集团层面也在做一个新媒体的平台，跟南都的试点是相呼应的，我们也希望在此基础上建立相应的数据库。现在的问题是在我们有这么多的网，人员从2人到5人甚至200人不等的情况下，我们怎么才能做成一个平台？这是很考验人的智慧的。所以我统计了另外一个数据，包括人员的力量，也让我大吃一惊。在南方报业从事新媒体的采编技术和经营的人员已经达到631人，这是2012年底的统计。这相当于一个中小型的互联网企业了，不叫中小型，中型吧，小型肯定没这么多。因为散在各个部门，散在各个媒体，所以从技术上说，很多软件都不兼容，甚至发布系统不适应，甚至人员之间不来往，甚至网络之间也是一个一个的孤岛。在这种状态下，范院长在的时候，我们有这么多品牌报纸，我们很自豪，因为它覆盖不同的区域和人群，但是突然有30张网的时候，我就突然觉得很可怕，你们觉得好玩吗？

但是最近我又特别开心，因为全国都在这样干。不光是南方报业，我以为我们绕了很多弯路，死定了，下一步肯定被别人弯道超车，或者说领先了。我就讲广东同行，他们正在做，肯定有他们的道理。深圳报业集团下面有4份日报，集团要求每份报纸必须办一个网站，办什么网都行，现在办起来了。还有更开心的事情，你们知道广州日报的大洋网吧，当年大洋书城刚出来，哪有当当网的天下，后来因为是国企，书城没了，配送也没了，又变成官网了。最近广州日报决定再办一个广州日报网，体现与《广州日报》的互动，我听了特别开心，为什么呢？都是国企嘛，所以都有一些不可思议的行为。没关系，等他们办到30个网站准备整合的时候，我估计他们落水才能回来，但等他们落水还得两年时间。国企特别有意思，就是一定会把事情搞得特别复杂，搞得不可思议，然后大家才会坐下来。

或者像范院长讲的，如果2012年是拐点的话，我们现在是否还在一个滑板上，没有下滑的感觉，或者还在下滑前期起飞的滑翔状态，或者说是在温水中，水温刚好，还比较舒服？如果2012年真的是拐点，我们现在的姿态是最舒服的。因为拐过来，前途还没开始，不用太努力，还没死掉，所以温水就是这个状态。大家一起见证一下2013年这个温水的状态，你们是不是觉得空气也很舒服，昏昏欲睡，舒服得快完蛋了？

那天高社长在暨南大学讲完课后，又到南方报业讲了课，晚上跟我们莫书记吃饭。我们对高社长的话做了认可之后，莫书记也说了一句话，他说，“我们现在不但像温水中的青蛙，而且水温越来越高的时候，我们还没感觉，那就说明我们的水温还太低了，还没达到温泉的状态，还不太温，现在刚刚好”。我们今年和这一期讲习班一起见证拐点之后温泉下的状态，特别荣幸，明年范院长来办第七期的时候，我们再来看看，水温是高还是低了，是煮熟了还是刚刚还好。因为温度高的时候，你的适应能力也在变，有可能到60度，你还觉得刚刚好。60度跟100度毕竟还差40度，但60度的水温、温泉，我估计很多人是适应的。很多人觉得不可思议，觉得40度的水温就很烫，但是一直在水中的话，我怀疑真的到60度，你还是觉得很舒服。到100度的时候，你就不知道是不是舒服了，因为你熟了嘛。

南都用了这张图，我也特别喜欢，但是我用这张图是为了回应前面北京那张图，喜欢是因为喜欢上面那句话，北京那条路那么难走最后还是向右一转就走过去了，广州那条路虽然也很难走，但是最后一掉头还是有活路的，南都用这个做广告我觉得也挺好，我也希望南都在下一个路口能够找到出口，因为它是我们集团转型的重点，也是我们转型的一个很大的希望，否则集团的转型也是凭空的，这是我的一个感觉。所以我也用了这张图，这是我专门要过来用的。但这张图像在说明转型的迫切感吗？我觉得也不像，应该早上去拍，或下午去拍，昏昏欲睡，欲说还休，欲罢不能。

好了，就说这么多，我抓紧时间跟大家聊天，前面的话我估计一半都不正确，你们听完就算了。你们对《斗罗大陆》这类小说有什么新的作品推荐，欢迎告诉我，我现在正在发疯似地看这类小说。因为互联网理论书看得太多了，传统媒体新媒体的书也看得太多了，有点消化不良，我需要看这类穿越小说来找感觉，你们在网上看到好的小说记得给我推荐，我可以再跟大家交流，谢谢！

（演讲主持：刘方远、梁坤；点评：陈伟军；录音整理：梁坤）

“微”时代的传媒变局和营销革命

嘉宾：深圳广电集团副总编辑　李静
场次：第6期第4场
时间：2013年7月16日下午

今天，我与大家共同探讨一下“微”时代对我们媒体的影响及我们的对策问题，特别讲一讲传媒的变局、营销的革命以及职业媒体人的培养问题。

众所周知，我们已经进入移动互联网时代，移动浪潮扑面而来。移动互联网时代，也称为“微时代”，即以微博、微信等作为传播媒介代表，以短小精炼作为文化传播特征的时代，信息的传播速度更快，传播的内容更具冲击力和震撼力，是文化传播发展的一个阶段。早在2012年，中国移动互联网用户就超过了桌面互联网用户。2013年6月12日，北美风行的移动聊天工具WhatsApp宣布，每日处理的聊天信息数量达到了270亿条，数量比半年前大涨了1/3。同时，移动视频开始蓬勃发展，汽车也开始联网，移动催生了新型娱乐、通讯、媒体和商务。拥有超过6亿用户的微信作为移动端的一大入口，正在演变成为一大商业交易平台，消费者只要通过微信平台，就可以实现商品查询、选购、体验、互动、订购与支付的线上线下一体化服务模式。以还款、缴费、电信充值为代表的个人业务，也正在从PC端向移动端迅速迁移。据艾端咨询统计数据显示，2013年第一季度第三方移动互联网支付市场交易规模为646.1亿元，占互联网总支付的69.2%。移动互联网不仅仅是对PC互联网的简单线性延伸和发展，而且是非线性的跨越。我们如何应对微时代的媒体变局，如何在数字化和社交媒体时代做好营销，保留媒体消费中的核心人群，在数字化过程中扩展发展机遇，并且在人才培养方面，更新认识理念，丰富知识结构，掌握技术手段，不断积累沉淀，与时俱进，在创新中实现“弯道超车”，是我们身临其境的变局和必须研究应对的课题。

传媒变局

接收媒体的终端进入泛屏化时代。没有什么比从奥运会转播的历程，更能看出媒体传播的巨大变化了。从1896年的雅典，记者使用电报传递奥运赛事信息；1924年的巴黎，广播直播；1936年的柏林，电视实况转播；1996年的亚特兰大，互联网直播；2004年的雅典，3G移动通信服务实现商用；2008年的北京，网络视频成为重要的转播途径；到了2012年的伦敦，社交媒体被广泛使用，实现了内容的四屏输出和传播。

在多屏联动的时代，人们消费媒体的行为不再是单一化的，越来越多的人趋向复合型消费。他们会一边看着电视，一边在iPad上处理邮件，同时用手机与朋友们微信聊天。

《连线》的主编凯文•凯利说，多屏构建了完整的生态系统，“我们到处都有屏幕，这个时代已经变了，人们变成屏幕人。屏幕改变了所有的事情，因为它的变化很快。而这个屏幕不见得是平的，可以是流动的，也可以是移动的。有些人往前看，有些人往后看，我们现在都在看屏幕，有第一个屏幕、第二个屏幕、第三个屏幕。这个人一边在看电视，一边在看电脑，还在玩手机，所以是多屏的时代，这些屏幕就构成了一个生态系统。在多屏时代，屏幕构成了一个完整的生态系统。屏幕无处不在，相互依靠。社交媒体与主流媒体相互依赖，没有独立存在的媒体。媒体的发展正朝着混合式的方向发展”。

媒体在生态重构方面，发生了三个重大的变化，第一个变化是大众媒体向社会化媒体的转向，第二个变化是从平面媒体向屏幕媒体的转变，第三个变化是从权威媒体向信任媒体的转变。

正在清华大学做访问的日本朝日新闻前总编辑西村阳一，就平面媒体的工作方式，做了今昔对比：过去是一对多，一份报纸，成千上万的人追随着；现在却是多对多，双向的，互动的，1天24小时的，随时随地的。

到底是内容为王还是渠道为王？古典电视学派认为内容为王，现代电视学派认为渠道为王，当代电视学派认为终端为王，未来电视学派认为社交为王，后电视学派认为碎片为王，行为科学电视学派认为体验为王，管理学电视学派认为平台为王。网易的丁磊认为，“技术是消除壁垒和障碍，而真正的需求是交流。内容与渠道到底谁为王，事实是正在螺旋式发展”。传统媒体不能还停留在资讯提供阶段，所以，从这个意义来讲，“内容服务为王”是媒体发展的关键。传统媒体和新媒体最大的区别在于，前者把资讯提供给受众，而后者是服务于用户。

如果你问年轻人：“你听广播吗？”“不听。”“你看电视吗？”“不看。”但是你转换一种方式问他：“你听音频吗？你看视频吗？”“当然听，当然看。”受众消费媒体的方式发生了变化，因此办媒体的理念必须随之而变。

我们小时候的媒体就是饭桌上的小收音机，大家放学、下班就往家里跑，因为要回去听刘兰芳的《岳飞传》。哪个邻居家有电视，街坊们晚上就扎堆儿去他家看电视。但是现在年轻人在哪里消费媒体？他还会以合家欢的形式坐在客厅里等一个节目吗？也许会，当他们孝顺的时候，当他们找一个和父母沟通谈话机会的时候。但是受众消费媒体的方式确实产生了根本性的变化，所以办媒体的理念，最根本的应该是从内容提供到内容服务。

在内容创新方面，世界各大新闻机构都做出了自己的应变。

从UGC到PGC。美国有线电视新闻网推出CNN iReport公民记者的网站，是全球第一个主流媒体介入公民新闻的成功尝试。它鼓励公众将自己所经历的故事，上传到CNN网站，并说明这些素材可能用于CNN的常规新闻报道中。公众参与积极，CNN从中获取了不少珍贵的新闻素材。比如2005年的美国卡特里娜飓风、2011年日本福岛地震、英国威廉王子大婚、伊拉克战争等重大突发事件。多位事件亲历者，为CNN提供了及时、新鲜、丰富、多元的“猛料”。继CNN之后，Fox（美国福克斯广播公司）、NBC（全美广播公司）和半岛电视台等多家传统新闻媒体都推出了类似节目。通过大量用户生产内容，即UGC（User Generated Content），在媒体与受众之间建立起情感联系，并强化受众对该媒体的认同感和归属感。

如果说UGC贴近草根，负责内容广度，主要贡献流量和参与度，那么PGC（Professional Generated Content）体现了专业生产内容，维持内容深度，主要树立品牌，创造价值。我们熟悉的战地记者凯文•赛茨（Kevin Sites），曾从业于NBC电视台，他成为公民专业记者的先驱者之一，于2004年带着一部录像机和一台Macbook（苹果电脑）孤身进入战区，深入伊拉克、索马里、叙利亚等国，用一年时间记录了近20场战役。他不甘囿于电视报道的时间与操作上的束缚，与雅虎合作推出网络视频新闻栏目——《战地报告》（*Kevin Sites in the HotZone*）。

目前，国内广播电视台的内容生产方式和生产流程，也悄然发生着变化，新闻的前方记者与后方编辑部更确切地说是指挥中心的协同作战。在广播媒体中广播剧及长篇小说的制播分离，音乐、文艺、生活服务节目的众包已然发端，逐渐地融合于互联网潮流。

众包（crowdsourcing）一词由《连线》杰夫•豪（Jeff Howe）2006年提出。定义是："一个公司或机构把过去由员工执行的工作任务，以自由自愿的形式外包给非特定的（而且通常是大型的）大众网络的做法。"内容的众包，是互联网带来的新的生产组织形式和商业模式。著名的福布斯杂志，它到目前为止有900多个签约的外部撰稿人。这些人都不是它的员工、记者或者编辑，是非常典型的大众网络时代的做法。

目前一些走红的网络电台，内容众包特色也十分明显。不论是传统型的QQ音乐、多米音乐，还是平台型的蜻蜓FM和TuneIn，以及播客型的喜马拉雅和考拉FM，节目产品基本上包括PGC和UGC两个部分。UGC从草根用户中挖掘优质内容；PGC内容多众包给传统电台的主持人和自媒体专业人士。

2013年7月7日的旧金山空难，整整一天，全国的报纸、电视、广播，几乎都是根据新浪微博的刷屏在做的。由普通乘客拍摄的视频，以及发表在新浪微博上的文字内容，被中央电视台《新闻联播》这样的权威媒体采用。事后人们说是三星、Facebook、淘宝的高管，各自用SNS（Social Network Site）即

“社交网站”，直播了旧金山飞机失事事件。

未来媒体的关键是“互联网电视+移动终端+社交网络”，媒体的场景是“移动+固定+社交”，无处不在，无时不在；直播与点播收看互动，三网融合，多屏互动。互联网电视与有线数字电视、IPTV、网络视频的区别是，开机即上网，微信即点播，号码分离手机，并且是需要政府监管的市场化的业务。

未来的媒体应该是个什么样子呢？举两个正在探索前行的电视的例子。一是未来电视（ICNTV），这是央视与腾讯的合作公司，是互联网电视的七大牌照商之一，为用户提供超过50万小时的优质点播节目，具备高清、3D、家庭互动娱乐等特色服务，以及家庭相册、视频通话、电视购物、多屏互动等增值服务。目前，乐视、小米以及康佳、TCL等终端制造商都与ICNTV展开合作。二是上海的百视通（BesTV），互联网电视的七大牌照商之一，全球最大的IPTV运营商，2012年IPTV用户2300万，2013年预测用户3300万，占全球用户的1/4。

未来媒体的关键，视频和音频，都不再是一个独立的媒体，它朝着社会化、媒体化和工具化方向发展。广播将从一个媒体变成一个音频产品，即从Radio（广播）到Audio（音频）；电视也将以视频产品呈现，即从Television（电视）到Video（视频）；媒体会逐渐被平台取代，即从Media（媒体）到Platform（平台）。组织将重新构建，不再按照媒体类型划分组织，而是按照业务流程和要素重构组织。

在移动互联网时代做得比较好的广播产品，是美国的潘多拉电台（Pandura）。潘多拉是美国在线音乐服务商，上市融资了2.3亿美金，是业界认为苹果最应该收购的公司，占全美电台市场份额的2.3%。

首先，潘多拉是用互联网的思维与互联网合作，按互联网的模式发展；其次，它参与网络音视频的产品化、商业化，带入媒体资源和基因。潘多拉iPhone应用程序的诞生，改变了互联网广播的本质，使它具有了移动的功能。潘多拉的核心是音乐基因组计划（Music Genome Project），该计划能够分析你为什么喜欢某首歌曲，并且基于该首歌曲的内在特点提出建议。潘多拉不断地分析用户的消费行为，不断给其推送有可能喜欢的音乐类型。其实潘多拉的商业模式也很传统，你听一个小时必须点6次广告，但是点击广告过程非常人性化，你可以在前面点，可以在中间点，也可以在后面点。但是很多人会说：

“我点过6次吗？有那么多吗？”可见其广告体验非常好。由潘多拉可以看到引领未来广播网络化、社交化、移动化、多屏互动的潮流与趋势。中国移动音乐市场值372亿元，达8.3亿人，有巨大的发展潜力。

营销革命

传媒格局变了，竞争环境跟着变，传媒的营销也得变，传媒的社会化营销时代已经到来。

所谓的社会化营销，主要是交互特点，自媒体属性很强，具有内容为王、创意为新和效果不可预见性。因为过程不可控制，会发酵出很多意想不到的事情，包括郭美美事件，源自一个无知女孩的炫富。美国总统竞选也采用了社会化营销手段。Instagram，一个照片分享平台，也有不少中国摄影发烧友使用。奥巴马的竞选团队在这个网站上放了他的3张照片，一张是“我的决心如此强大”，显示奥巴马内在精神的坚韧；一张是他打篮球的，显示外在健康的身体和生活方式，博得很多女粉丝的尖叫；还有一张是对选民的煽动，“我们一起书写历史”。这三张照片上传后，在短短的时间内，点赞他的有2万多人。如果我们按照1:1000的比例（通常我们数据分析，是按1:1000的），那么就有2000多万人。这是什么概念呢？2012年美国共有1.35亿选民，但实际上近几次大选每次投票都只有一半左右的人。罗姆尼在竞选期间，他的团队也在Flickr和Instagram等社交化媒体上大做营销，吸引选民，但在社会化媒体营销这个战场上，罗姆尼明显处于下风。如果再给罗姆尼一次机会，你会建议他如何在社会化媒体上提升形象呢？

营销3.0时代，是相对于Web 1.0、2.0而言的，3.0时代最大的特点就是交互性和社交化，直接影响人的内心及价值观。新营销方法的特点是社交化、人性化、便携化，从眼球经济转向互动经济；不再是大喇叭推广，而是关系链传播。消费者被还原成“整体的人”“丰富的人”，而不只是“目标人群”。比如微信的朋友圈，虽然我们有几百个好友，但是从技术上看，它是以QQ和通讯录为基础互相加的，公共账号也是可选择的，也就是说我应该知道是谁在看我，我跟谁在互动，消费者被还原成一个整体的人，这样你就知道张三在哪里，李四在哪里，他是一个丰富的人，有个性的人，这个人喜欢韩剧，那个人喜欢美剧、英剧，而不是传统媒体以前所说的目标人群。消费者，不再仅仅是消费者，还兼具生产者、参与者；媒体，既是生产者、组织者，又是平台提供者、参与者。广告主，其诉求也有了变化，品牌曝光不再是唯一追求目标，互动、参与、沟通以及营销实效也是其所渴望的。

“交换”“交易”被提升成“互动”“共鸣”，营销的价值主张从“功能与情感的差异化”到“精神与价值观的相应”。那么我们要思考，如何借助用户的关系链、社交流，通过讲故事而不是做广告来获得独特的价值。宝马一系（BMW-1）的小车营销就是一个经典案例。宝马汽车计划于2011年底在中国市场推出BMW-1系轿车，由于之前在中国市场上已有多款同类型产品存在，而且这些产品的性能都不错且有价格优势，所以上市前的营销策划至关重要。宝马一系是一个没有尾巴的两厢小车，动感时尚，价格很高。产品定位直指中高端年轻白领。问题是：怎么办？斥巨资做广告？年轻人不大看电视。如何让市场了解产品特点，感觉物有所值？宝马最终的做法是：通过社会化媒体和网络整合营销，潜移默化地寓营销于游戏和娱乐之中。

具体有三个措施，第一是在开心麻花小剧场中植入，来自北京的同学，一般都知道在北京的小剧场，话剧受到青年精英白领追捧，非常盛行，差不多每晚都有40场以上的小话剧，最火爆的就是开心麻花了。我们深圳广电当时引进的《乌龙山伯爵》是开心麻花团队最好的一个剧目，隔三差五也在深圳演上十几场，到现在也是常演不衰。宝马一系营销团队在它的海报里植入了“BMW之悦——开心赢一系，看谁最有戏”的广告。第二是引入摄影界非常有名的摄影师，摄影师把他拍到的照片《沙漠怪圈》放在微博上，说是在距离西宁3个多小时车程的戈壁滩上发现了一个巨型怪圈，圆形和线条都十分规整，沟壑深大概3到5厘米，身处这个巨大的怪圈中，觉得非常恐怖，难以言表，唯一的解释就是，这是外星人所为。他用大号的微博发出来，吸引了摄影爱好者和UFO爱好者围观，马上就引爆了新浪微博。其实这是宝马一系的营销团队所为，地点选在了古朴、苍凉、秀美，又神秘莫测的青海大漠，充分利用年轻人，特别是该车型的目标用户对未来世界的好奇、探索精神、个性、活力、爱上网聊天的特点，慢慢地跟它的产品聚合。它从UFO到Unique For One（独树一帜），进而BMW-One，unique被改成un1que，进而幻化为BMW-1的un1que精神。你看慢慢地把它演化成独树一帜的宝马一系，凸显了BMW-1舍我其谁的卓尔不群。第三个措施，针对客户特点，设计了一款免费下载的手机游戏：车内逃脱之BMW-1系谍影。非常有诱惑力，很多男生玩过这个游戏。游戏杜撰了一名有点像007的特工，被俘并关押在BMW-1车内，最终离奇逃脱。其中，香车美女，扑朔迷离，妙趣横生。在游戏中，客户彻底体验到了所有的功能细节，逐渐演绎出产品的每一个功能和细节，玩过的人都说宝马一系确实性价比高，诠释物有所值的营销理念。

什么叫关系链的传播？微时代，微博是弱关系链，典型的粉丝型受众。韩寒开了微博，说了一声“Hello”，没有任何内容，马上就有上百万的人“粉”他，跟随他。杜蕾斯安全套营销是这方面的经典案例。2011年北京下暴雨，下班的时候大家都走不了，有两个刚毕业在杜蕾斯工作的小伙子也走不了。他们在办公室里没事干，就说“我们来做一个游戏吧”，说“北京今日暴雨，幸亏包里还有两只杜蕾斯”。他们把杜蕾斯套在鞋上，一个人做一个人拍，然后把这条微博迅速放在网上。机会总是给有准备的人，杜蕾斯的官微15分钟之后就转发了这条信息，看起来好像是一般人的官微转发，半小时以后，立刻引爆新浪微博，随后几天完全就成了娱乐的焦点。因为这一系列的动作，完全展示了产品不透水性、延展性的特色，看我这么大的一只脚都能放进去，还能不透水，还能有这么大的伸缩性，这个事件换在平常完全就是涉黄广告。当晚就被转发了6000次，一个月后它的粉丝有6200万，成功地引导了公众对这个产品的关注。这个营销的传播效果可以说是神来之笔，原来与杜蕾斯伯仲之间的其他品牌就这样被干掉了。

在3.0时代，消费者不仅仅是一个消费者，也是一个生产者、一个参与者，这一点大家都很清楚。我们现在做节目，会事先征集话题，很多受众会把自己的话题贡献出来，大家共同讨论，最后选出来，选的过程中大家会互动，节目完了大家会来监督，并且把结果反馈给节目组。受众已经不仅仅是受众，媒体也不再是一个生产者，它更是一个组织者，是一个平台的提供者和参与者。

社会化营销环境下，媒体非常明白，包括广告主，品牌曝光并不是唯一的目标，更高明的做法是提升到理念。就像现在很多人拿着苹果手机，追求的是人群的互相聚集和认同，是一种参与和沟通的渴望。聪明的广告主也不可能仅仅是做汤卖药，更多的是卖精神和价值观。原来的交换和交易被提升成沟通和共鸣，营销的价值主张也从情感的差异化到与精神和价值观的响应。

比如，耐克赞助刘翔营销案例。耐克赞助刘翔是典型的社会化媒体营销和网络整合营销的经典案例。在伦敦奥运会之前赞助刘翔是需要很大勇气的，因为不知道刘翔“to be or not to be”，他到底行还是不行，让人觉得没有底气。刘翔在伦敦奥运会退赛之后，很多人都说他的赞助商完了，明知道自己受伤了，还要站在跑道那儿，网上更有不少声音说，就是因为有很多赞助商，他才不得已站在那里。但是聪明的赞助商就是不一样，赞助商对这个突发事件是有备案的，营销团队早就做好了一系列的策划。就在刘翔快被唾沫淹死的时候，耐克推出了“活得伟大”的“刘翔篇”——“伟大不在乎你多少次跌倒，只在乎你多少次站起”；“谁敢拼上所有尊严，谁敢从巅峰从头来过，哪怕会一无所获，谁敢去闯，谁敢去跌，伟大敢——活出你的伟大”。进而推出 “活得伟大”系列篇，进行社会化媒体营销。印象比较深的有“陈一冰篇”——“没有绝对的公平，但有绝对的伟大。伟大不需要通过裁判来鉴定，他在你我心中已赢得伟大，伟大的‘赢牌’——活出伟大”。这个系列策划中的“平民篇”也非常出色，贫困的孩子，残障的青年，都有热爱运动的权利，有令人敬佩的勇气。一个四五岁的黑人小男孩，站在十米跳台上，奋身一跃的勇敢，何尝不是活得伟大。这个视频感动了很多人，被点击了无数遍。这是营销团队为刘翔退赛做出的精彩应对，出神入化，让耐克在奥运期间的营销远远超过其他品牌。请问，谁还记得阿迪达斯奥运期间的广告是什么吗？

二维码的运用也是搭上了社会化营销的快车。一年半之前，二维码最早在餐饮业中使用。大家有可能使用过，特别是大城市来的同学都清楚，地铁里面和shopping mall里面都有这样一个叫维络城的机器，在使用前与手机号捆绑。如果你想吃饭，就在相应的餐馆处“滴”的一声，拿到eCoupon，也就是折扣券，到这个餐馆里就餐，会有折扣。在国外买来的报纸里经常有一张coupon（优惠券）专页，人们会把自己要购买的商品的折扣券撕下来，这个星期鸡蛋有50%的折扣，下个星期苹果有50%的折扣，诸如此类。手中的小条（手机

+eCoupon+导航功能），成了左右客户流向的“GPS导航仪”，是客户消费行为分析的有力工具。

LBS，就是“Location Based Service”，有一个基础导航功能的定位服务，这样的话，用户的个体特征和消费行为就会非常清晰，知道你的口味、偏好、习惯、消费水平，还不涉及你的隐私。不要小看这“滴”的一声，这个能让商家非常清楚一天里有多少人流。这给销售带来巨大的变化，这就是商圈理论，所谓的黄金位置逐渐地失去意义。为什么？比如说前面“滴”的一声，我选择的是江南厨子，江南厨子不在一楼，也不在临街的铺子上，它在四楼的一个角落里。因为我“滴”了这一声，我就直奔四楼去了，我不会再注意二楼、三楼还有什么。所以说这个机器的背后是大数据，体现了巨大的商业价值，因为它知道每一个商户消费人群的占比量是多少。

现在，美国、日本等国家的大城市几乎人人都有码，人人都用码，街头上的小广告都有这样的二维码，包括票务。比如，我在东京银座地铁拍的照片——西北航空公司的广告，它没有说服务优质、价格低廉、乘坐舒适这些，只有一个二维码，这是在银座街头的广告照片，这是在地铁的广告照片，你把二维码扫下来，从东京到美国，远远超过这一方寸之间的内容。

面对社会化营销时代的到来，我们传统的媒体怎么办？

一是要善用病毒营销和情感营销。

我们先看电影《失恋33天》社交时代的意愿发现与营销方式。在电影没上映前先营造话题，因为《失恋33天》主要是给年轻人看的，于是把失恋物语拍了几个小短片在七个城市播放，然后征集同样题材的故事，最后众多网友在二十多个城市拍了自己不同方言、不同版本的失恋物语，最终把“失恋”做成那年最流行的一个话题。

《泰囧》续写了《失恋33天》以后的一个神话。它的总投资只是《失恋33天》的一半，只有3000万，但是它的票房收入超过了13亿元。它在电影预热之前，先制作了一个观影指南，有好几个版本，在这儿分享两个版本。它跟别的观影指南不同，一般的观影指南会给你讲电影的故事梗概，而它完全是一个奇葩式的剪辑。而且，它上映的那天正好是所谓的“世界末日”。团队就以世界末日作为营销点，“我们与其等死不如笑死”，它把卖点放在这个地方。再有，一般预告片剪辑会尽可能地告诉你有什么样的明星，有什么样的剧情，但是它恰恰到最后都没把范冰冰抖出来，范冰冰是个很大的惊喜，这个惊喜是你到电影院看过电影以后才给的，观众有种捡了便宜的感觉。这样一个口碑营销带给你一个预料之外的回报，你的体验就会更好。

二是要把传统广电与社交结合起来。

我们看社交电视发展的趋势，原来电视是电视，社交是社交，现在它的趋势是慢慢地融合在一起，特别是社交电视这种App的出现，让二者充分融合到了一起。

从前面提到的旧金山坠机事件的美国四大媒体报道情况中，可以看到社交媒体时代新闻报道的几大明显特征：一是时效性决定关注度，无论是传统媒体时代，还是社交媒体时代，时效性永远是最关键的新闻要素；二是社交媒体与社交平台，对传统媒体来说，Twitter这一社交媒体平台比Facebook这一社交平台拥有更大的价值，在国内对应Twitter的是微博，对应Facebook的是微信；三是依赖众包，常规媒体也要依赖海量用户参与的社交媒体；四是有社交媒体这样一个直播平台，在新闻事件发生后，无论是事件当事人还是新闻媒体，都会集聚在Twitter和新浪微博这两个社交媒体上，形成明显的热门话题或者趋势，从而继续吸引更多用户参与进来。

卫视通是凤凰新媒体推出的社交电视（Social TV）应用，它把全国各卫视旗舰节目聚集在一起，用户可以一边观看节目，一边就节目的话题进行讨论和互动。这不仅很好地促进了电视台与观众之间的互动，而且还实现了观众与观众之间的互动。

呼啦（Whonow），是湖南卫视推出的电视互动社交智能手机客户端应用。它连接家庭共享的电视大屏和个人私享的手机小屏，人们一边看电视一边交流。它与电视内容形成完整的互补，整合多渠道反馈，并通过二维码来打通用户与电视、线上与线下的交互。BBC开发了iPlayer的交互平台，它在2.0版时主要是提供podcast和vodcast的音视频定制点播，但到3.0时代，它更注重的是线上线下的交流互动。像北京电台的菠萝网络电台，与一般意义上的电台是完全不一样的，它强化对受众的更个性化接触和服务，跟受众的沟通交流也不仅仅限于线上。

其实，传统媒体和新媒体之间的这种互动和表现出来的双赢是非常明显的。美国的尼尔森公司说，观众在Twitter上讨论某个电视节目的信息越多，它的收视率就越高。我今天看了上周五央视索福瑞的数据，《中国好声音》的收视是3.62，这是一个神一样的收视率，非常高，而《快乐男声》的收视率是1.282。《中国好声音》在网络上的微博讨论量也全面超过了《快乐男声》。也就是说，新媒体上的反映和传统媒体上的反映是成正比的。微博上的讨论主要是这样两个题目：他们把《中国好声音》叫作“修音+回锅肉+编故事=中国好声音”；把《快乐男声》叫作“跑调+奇葩男+烂音效=快乐男声”。其实这都是有商业“阴谋”的，也就是有社会化营销在其中，大家笑一笑就好了。我想说的是，电视与社交媒体相辅相成的程度非常高，是高度契合的。

为什么社交电视能够创造价值？“乐享电视”这样的新媒体诞生，它延伸了普通观众观看的深度，同时也拓宽了自己互动社交的关系圈，因为大家要在一起谈论《中国好声音》，所以又把人们从网上拉回到传统电视身边。

《中国好声音》为什么能完胜《快乐男声》呢？我觉得《快乐男声》还处在2.0时代，《中国好声音》已经到3.0时代了。2.0时代的《快乐男声》，还是全景式展现PK的过程，奇葩男、走音王；但是《中国好声音》的精髓不仅体现在对音乐的真诚和态度，它的后期采用多轨录音缩混，完全达到了演唱会级别的水准；更重要的是，《中国好声音》把一个节目变成了一场1天24小时和1周7天的社交媒体的对话。

首先，电视节目的发展从依照脚本到真人秀都不是很新鲜的了，观众们要更新的东西。我们先看看美国的*The Vioce*（《好声音》）是怎么做的。它首先成立一个专门的社交媒体团队，有知名的社交媒体的顾问，专门的社交专员以及社交媒体通讯记者。然后开通电视屏幕的Twitter直播，开通及利用专业网站，建立导师、歌手和歌迷的Twitter，团队会对导师进行专业辅导，教会导师们如何制造话题，如何与粉丝互动。这一切都是事前策划好的。坐在图片中间的这个导师叫Christine，是美国著名的女歌手，她本身就有众多粉丝。担任导师期间，她其实在Twitter上仅仅发布了47条，但是她会从节目播出当天的早上九点钟与粉丝一直延续讨论预热到节目开始，这都是社会化营销的一部分。这样*The Voice*便不仅仅是一个周播节目，它更是互联网上一个活跃的娱乐活动。它在线上仅2小时，在线下却是一个1天24小时和1周7天的与社交媒体的对话。《中国好声音》汲取了这些精髓，节目播出时，其官网上视频链接的更新速度几乎做到了和节目同步，从而网罗更多观众。通过官网，网友还可以了解节目台前幕后的花絮，参与互动聊天等。

《中国好声音》原版引进，极致化制作。它极致化到了什么程度呢？导师所坐的转椅都是从英国进口的，价值不菲；音响设备是演唱会级别的，乐队的贝斯手是零点乐队的，总音响师是执掌过北京奥运会开幕式的。另外，它运用多网络平台的立体推广，明星加网友的微博造势。“明星加网友”是什么意思呢，比如说学员徐海星刚唱完，王菲就发了一条微博说，“这个孩子唱得真好，真感人”。那么王菲的粉丝就会反过来追捧徐海星和《中国好声音》。很难说这不是事先策划好的，你懂的。

我们再来看看《中国好声音》在营销过程中，特别是第一季遇到了很多问题，比如包装痕迹太明显、苦情故事等。网络上很快就有人吐槽说，那个叫徐海星的小女孩，在每个节目都哭着说我爸爸刚走了三个月，在《超级女声》和《中国好声音》都是这样。《中国好声音》栏目组听到这些消息以后迅速做出回应，很快开辟了一个子栏目，叫《酷我真声音》，就让那几位导师轮流来上节目。当然是杨坤上得最多，因为酬金最便宜，呵呵。他（栏目组）就直面这个质疑，既满足观众的好奇心，又开辟了新的宣传阵地。在节目里主要是讲幕后花絮和回答网民的质疑，线下的媒介执行也是视频网站和微博。悬念、热点话题、爆料、电视、微博联动，从台前到幕后，从制作到传播，形成了多方受益的局面。

我们再看看电视与社交营销中的颠覆与创新。《我是歌手》首先是在节目内容与形式上进行颠覆与创新。它彻底背离了一般的歌唱比赛节目的窠臼，摒弃毒舌，消灭煽情，拒绝炒作，唯音乐至上。真情比煽情更重要，真诚比炫目更重要。拿走音乐节目常见的权威评委，将选择的权利还给现场的一千只耳朵，每场观众轮换非常重要，大家觉得更公平。有噱头没炒作，就觉得你的态度非常真诚，你是用音乐实力在说话。包括齐秦在歌坛是不老神话，但在《我是歌手》中，他的神话被打破了，但他的商业价值提高了，齐秦从参加完《我是歌手》后，他的出场费也飙升了。

《我是歌手》采用了网台联动、全媒体推广、社会化营销方式。我们可以看到这么几个关键的地方：500名现场观众，既是观看者，又是参与者；线下观众，既是话题传播者，又是网络推广者。观众一边看节目，一边可通过社交媒体参与评论，微博和朋友圈上的各种刷屏足以解释节目在网络上引起的反应，腾讯、新浪微博对节目的热门话题突破1亿条。三个月的时间里，《我是歌手》的搜索量高达8000多万，占据各大微博和搜索排行的榜首。参赛歌手身价翻了不止十倍，总决赛的广告费15秒单价飙到了63万，而第一季的广告收入也达到了3亿元之多。

三是微信、微博和App一个都不能少。

现在全国几乎所有广电媒体都在使用微博、微信，与受众互动；大部分广播电视台也有了自己的App客户端。在微信、微博、客户端这些都有了以后，我们该如何使用？如何运营？如何发挥最大效能呢？

比如深圳电台，高度重视社交媒体业务和社交平台建设，节目互动以微信为主，包括微博、短信、热线等手段的全天互动，已经成为节目内容的一部分。在客户端的延展内容上，首先特别增加广播的音视频发布功能，可以和新浪、腾讯进行差异化竞争；其次与台内的网站和媒资库无缝链接，实现资源共享；第三是与大的微博平台平等合作，进退自如。

今天，我们仅以微信为例。微信是从2012年10月份才开始成爆发之势，今年开始更加一发不可收拾。我们看看传统媒体如何来做好微信这个平台。在微信平台，大家关注的话题依次是这样的：资讯、搞笑、科技、明星等等。传统媒体怎么做微信平台呢？我举个同仁的例子，广东电台珠江台的一档节目，叫《一些事，一些情》。这个节目的微信产品一上线，在短短的45天里就有17000个粉丝，现在的粉丝量也是与日剧增。节目主持人的想法就是用新媒体占据更多受众的注意力，把声音也移植到新媒体的平台上传播，使传统媒体的品牌基因在新媒体上延伸，用声音唤起听众的回忆和联系。主持人充分了解用户需求，根据用户反馈，随时调整话题。两位主持人相当于“节目助理”，而听众们相当于千千万万个“主持人”。主持人线下与用户的互动，聚集了线上节目的人气，增加了听众的黏性和忠诚度。

我现在每天早晨醒来的第一件事，就是听微信公众账号中的《罗辑思维》，它每天有60秒的语音，有文字，每周有一档40多分钟的视频。主持人罗胖（自称）跟你像亲人一样地沟通，像老朋友一样和你进行一对一的对话，这种体验非常愉悦。

原来我们觉得电视台建立UGC比较容易，热心观众会给电视台提供他们自己拍的视频报料，选用起来比较容易操作。而广播是听觉媒体，建立UGC会比较难。但是有了微信这种语音的传送，建立广播的UGC，培养广播的iReport（公民记者）成为可能。

微信是一种强关系链的受众传播，它超越了微博这种粉丝型的受众传播，让大家觉得更可信。我们交通台经常采用热心听众的微信报料，比方说，忠实听众出租车司机张师傅留条语音说，梅林关（原深圳特区关口）有两辆车擦碰，在右边第二条车道，现在非常堵塞，那我们就可以直接把张师傅的声音播出去了。

四是要充分发挥自媒体对传统媒体的“鲶鱼效应”正能量。

自媒体对我们传统媒体的威胁非常大。为什么呢？很多人说十年以后电视台可能没有了，电视人还在。也就是说现在优秀的传统媒体的人才慢慢向新媒体和自媒体流动，包括刚才我说的《罗辑思维》主讲人罗振宇。这些人又深深地懂得我们内部的这些猫腻，他们出来做新媒体和自媒体，确实是一条很大的“鲶鱼”。

推广微信时我们常说“一个中心，四个基本点”，一个中心：以内容建设为中心。其实这种自媒体的内容为王比传统媒体来得更加重要，因为只要你一掺水，别人就不看了，就会取消关注，所以好内容绝对是根本。四个基本点：1.在所有可能的地方写上微信号；2.设置自动回复；3.和你的粉丝充分互动；4.互推。比如在深圳大街小巷走，哪儿都有微信号，你一扫，哦，欢乐海岸里边有一百家商铺、两百家餐饮，电影院正在放映什么片子。我一旦关注了，它就自动回复“欢乐海岸欢迎你”，让我享受了一对一的服务，我有什么请求发上去，它会马上应答，这样我觉得被尊重，愿意继续互推。

我在这里介绍三个自媒体人，同学们可以关注一下，他们是《三联周刊》上主推的三个人，是目前自媒体人的领军人物：潘跃飞，钱江晚报的记者；程苓峰，在很多新媒体工作过，包括腾讯；罗振宇，原央视《对话》制片人，他现在的自媒体作品是《罗辑思维》。申音是《罗辑思维》的出品人，他认为自媒体要有四种能力，一是所在领域的专业能力，二是良好的表现能力，三是和粉丝的沟通能力，四是线上线下的联动能力。罗振宇在讲自媒体特征时更加明晰：以人格魅力为核心，社群价值，全平台，不局限于某一种载体，必须有商业价值。其实，这又何尝不是传统媒体的从业者所应学习与秉持的呢？

媒体人的嬗变

现在同学们学新闻的环境与我们当年太不一样了，面对这样一个环境怎样去应对，怎么样才能从校园走到社会，成为有用的人，成为不可替代的人呢？

同样是“5W1H”，如今已经发生了重大的模式变化。Who，不仅仅是事件中的谁，而是我还可以联系谁。比方说，我们派到汶川地震的前线记者，后边有一个团队在跟他配合，记者在前线，后方在网络、微博、微信上得到很多正在发生的状况和背景资料，会马上提供给记者，后方编辑部是记者的指挥中心，帮助记者在最短时间内了解全面情况，采访到最关键的人。编辑部运用社会性媒体（微博、SNS网站等），得到全方位的深厚的材料。以此类推，What，记者写报道时查阅了什么背景资料；电子书签（通过分享和订阅记者的书签账户）。Where，它是在哪里发生的；地图导航（GPS标注）。When，它是何时发生的；日历展现（对于可预知的事件可设置提前提醒和订阅）。Why，我为什么关注；数据库调入（充分的数据和案例证明）。How，我还能做什么；互动机会（为受众提供个性化的体验）。

那么同学们在校园学习过程中，应该做哪些积累和准备呢？

总的要求：新闻事业必须是你的热爱与理想，要有健全的人格、严谨的职业操守、广博的知识、丰富的阅历、深入的思考能力。这是成为一名合格的媒体人的基础与前提。

专业素质：深刻认知自己所服务的媒体，了解其媒体的特性，熟练运用自媒体（微博、个人博客、微信等）。

具体要求：读万卷书，行万里路，阅人无数，还要身怀“十八般武艺”。

一是要有广博的知识，要读万卷书。多读、勤思，磨炼自己的判断力。判断力是必备素质。面对海量资讯，选取最具新闻价值的。因为每天面对的东西太多了，要知道什么是对，什么是错；如果部分对，对在哪里，部分错，错在哪里；哪些有新闻价值，哪些没有新闻价值；一个话题值得关注多少，谈论多少：这些都需要判断力。判断力以多读和勤思为前提。相比较而言，勤思比多读还更重要。从人才培养的角度，在教学工作中，一定要不断地给学生问题，“逼迫”他们思考，让他们养成深思的习惯。要让学生在不断地思考过程中，学会从不同角度看问题；要让学生明白，社会生活中没有简单的“对”与“错”。做媒体工作，首先要学会“同情之理解”，然后再在这个基础上去形成判断。

二是要有丰富的阅历，要行万里路，阅人无数。积累社会阅历，磨炼判断力。用阅历去培养自己的“激情”和“温情”，“激情”就是要有充沛的情感，要用你的情感去激发受众。这个情感如何而来，一个非常重要的方面，是靠“行万里路”和“阅人无数”，去了解人民的幸福、苦痛、希望和期待，你说的话才能与他们产生共鸣，才能说到他们的心坎里。“温情”，即永远保持自己的善良和敏感的内心。从事新闻工作，“情感”是一个容易被忽视的问题，却是至关重要的。你要有一颗敏感的心，去体会一些细腻的东西，你才能丰富，你才能与社会、与人民水乳交融。不要把自己做成“油条”。“我的脚上沾有多少泥土，我的心中就沉淀多少真情。”同时，要保持自己的价值判断，学会换位思考，避免偏执，保持自己的中立。

三是要培养自己广泛的兴趣爱好，并且专精其中的一到两样。专精的东西，可以是任何领域。这种专精的兴趣爱好，可以帮助你在“专业”之外，用另一种方式来看待你的“专业”问题。从人才培养的角度，在教学工作中，课程设置一定要丰富。比如，要修艺术史、科技史等等，因为审美品位对每一个人都很重要，对媒体工作者尤其重要。

我们与美国同行交流时，听到这样一种说法，交通台是漂亮年轻女主持人的贫民窟。这让我们很诧异，怎么可能呢，我们交通台年轻漂亮的女主持人薪水不错呀，不比新闻主播少啊。美国同行说，因为她们除了年轻漂亮以外什么都不会，她们除了播报交通和天气，没有什么价值判断，所以薪水很低，给你提供个工作的机会就不错了。她们需要多年的层层磨炼，通常会起步于一个郡县小台，播报路况、天气三五年；成长于一个州市中型台，做三五年的记者；成熟于大市场的大型媒体，做三五年的编辑。差不多要到40岁左右，她才能有自己的阅读、自己的理解和自己的判断，她才有可能走上真正大型媒体的主播台。这是人生的阅历经验和青春激情最好的交汇点，由此开始展现出职场的最大价值。

美国新闻播音员99%都是从记者队伍中提拔出来的，本身就具有很丰富的采访经验，播报起新闻来可以更加灵活和深入。而且王牌主持人绝大多数从中学开始就热衷于媒体事业，从传媒专业毕业后，先在地方电视台锻炼出十八般武艺，才逐步爬上全国电视台主播的宝座。女主播如果太随意甚至太漂亮，就会被误解为不专业的花瓶。美国ABC电视台的当家新闻女主播黛安•索耶（Diane Sawyer），直到63岁，才坐上ABC（美国广播公司）的晚间新闻节目《ABC世界新闻》（*ABC World News*）的主播宝座。

俗话说，人逢四十才开始，这不是安慰中老年的甜蜜谎言，在国外媒体界是真实的存在。从事媒体行业是非常辛苦的，是需要不断打磨自己的行业，是活到老，学到老的行业。

安德森•库珀是美国家喻户晓的金牌新闻节目主持人，主持CNN晚间的旗舰新闻节目《安德森•库珀360度》（*Anderson Cooper 360°*），他是很多媒体人的偶像，白岩松在央视新闻频道晚间8点档的节目也起了个《360度》的同名。安德森•库珀是新闻主播，同时也是一名出色的记者。硝烟弥漫的战场，脏乱不堪的贫民窟，突发事件的现场都有他的身影。

这些媒体明星，是大浪淘沙、吹沙见金的产物，不是“包装”出来的，而是“拼”出来的，是激烈竞争后幸存下来的少数成功者。所以不要觉得做传媒是个光鲜亮丽的事业，其实真正能登上金字塔尖的人非常少。

那么我们从学生时代，到初入职场，到独当一面，到资深，再到卓越，应该有一个什么样的职场规划，应该如何学习，如何历练，如何协作，如何不断完善自我，做一个出色的媒体人呢？

首先，要过好学生时代。选择媒体工作，首先是自己热爱它，视它为自己一生的理想。你要问自己：为什么要从事媒体工作？这仅仅是一份工作吗？你预计自己会从这份工作中获得满足吗？从事媒体工作，很难发财。你打算通过媒体工作怎样实现自我？乔布斯说过“The journey is the reward”，过程就是奖励，媒体工作的过程可能是你唯一的收获，要有这样的思想准备。

学生时代要“读书，读书，再读书”。学生时代要有计划地读经典，读名著，读精品，一年至少读100本书。对媒体职业人的培养，应该以通识教育为基础，一定要有强大的公共人文课程支撑。

善于利用自己学生的身份，多请教老师、前辈、社会人士。古人说“不耻下问”，做学生，都是“上问”，更无所谓“耻”。多问，多请教。在向人请教的过程中，初步学习与人沟通的技巧。现在很多学生不善于与人沟通。而“请教”是一种磨炼与人沟通的基本训练。

掌握必要的操作软硬件设备的能力，接触和运用自媒体。

其次，要做好初入职场的转变。最好从做记者起步。媒体工作者要尽可能从记者做起。采访、报道，是一切媒体工作的基础。

提问：非常重要的——学会问正确的问题。现在很多年轻记者不会提问，或者说，不会问“正确的问题”。或者说，问的问题，不在“点”上，让人看着着急。一看你的报道，就知道你会不会问问题。要会讲故事，即通过报道锻炼和掌握“讲故事”的能力，最棒的报道是一个精彩的故事。无论日后从事什么岗位的工作，会讲故事会使你终身受益无穷。任何一期节目，都应该尽可能具备故事的各种要素。

要全面，即在做记者的同时或随后，尽可能多地在不同的媒体工作岗位上实习锻炼。一是为了了解整个媒体工作的全貌，了解不同岗位的要求，以便自己独当一面后能够适应其他岗位的要求。二是为了培养团队工作能力。职业媒体人，既要能够单打独斗，也必须能够团队作战。熟练操作必要的软硬件设备。三是充分运用自媒体进行工作。

第三，要逐渐做到独当一面。形成自己的判断力，学会问正确的问题。牢记：只有问正确的问题，才会获得正确的答案；如果问题不对，那么答案要么是错的，要么是没意义的。做学术研究，强调“问题意识”；做媒体，更应强调“问题意识”。一旦你学会了问正确的问题，你作为一个职业媒体人，才真正“出师”了。

在专业上发展自己：记者、编辑、主持人多岗位历练，从媒体发展趋势看，最终是三者合一，你要在“终端”呈现和表现自己。能够独立地完成本职工作所要求的全部流程：创意、策划、组织、实施、包装……

第四，进入资深之后要保持良好的心态。要谦虚、平和，正确地看待自己。能够对抗压力，包括受众的压力、业内的压力。你越出名，压力越大。保持正道直行，保持客观公正。不为盛誉所动，不为骂声所动。

第五，要不断超越自己，走向卓越。不断地探索自我，挑战自我，完善自我。不断地探索社会，挑战惯常的看法，寻求新鲜的角度和观点，通过自己的努力促进社会的完善。要避免偏激的看法，这是成长过程中的陷阱，保持自己的平衡。不断创新，保持好奇心，总是能够启发自己，把创新落实在工作的点滴之中。在细节上追求完美，“卓越就是来自对完美的偏执式的追求”（乔布斯）。

全媒体传播时代对媒体从业人员的素质提出了更高的要求，不仅是采编播复合型人才，也要懂技术，懂运营。什么叫复合型人才，就是每个工作环节和流程的十八般武艺你都会，这些东西对于你来讲都是小case。要着重培养全媒体意识与技能，熟练掌握新媒体软件，从写稿到录音到摄像到传送，“全副武装”。一个记者要学会“中央厨房”式发稿，比如除了给广播、电视发常规报道外，还要专门为网络写一个更长的报道，在网络上提供完全时长的新闻访谈，实现网上多媒体传播，幻灯片、照片、视频、数码录音、与网民实时互动等。

媒体是创意产业，要求每天创新。技术总是不断推陈出新的，媒体工作者必须跟上技术的发展，才能跟上时代的要求。创新不再是一项选择，而成为必须。

媒体也是智慧产业，应从各位的创造力、技能、天份中获取发展动力。

不断地进行专业培训，自觉地终身学习，不但要聪明，还要有智慧；不但要创造，还要有更新。这是个无穷尽的句式，寓意着我们从事的是一项无穷尽的事业以及对从业者无穷尽的要求。

最主要的是你要有好奇心，有创造、创新的态度。我们会问，贝尔在发明电话之前做过市场调查吗？乔布斯为什么能发现这些超出预期的需求？创造非常重要，如果只听消费者的意见，那么只会有更好的马车，而不会有汽车。

沃尔特•威廉姆斯是美国密苏里新闻学院的创始人，他在1986年的新闻教义里写了这么一段话：“成功而卓越的新闻事业敬畏上帝，尊重人类，它完全独立，不为傲慢的主张和权势的贪婪所左右，它富有建设，怀抱宽容，绝不草率，能自食其力，有耐心，永远尊重读者但又不迁就读者，面对不公，愤然而起，不为特权的诉求，也不为乌合之众的喧嚣所动摇，力求给每个人公平的机会，这种公平既由法律和尊荣所赋予，也为人类的兄弟之情所共识，它深爱自己的祖国，同时也推动国际交往，促进世界和谐，这是人类的新闻事业，是为今天的世界而创造的新闻事业。”乔布斯说，“我们一往无前的动力只源于我们的热爱”。其实做媒体，做媒体人都是苦差事，但我们爱它，我愿意再次与大家分享。

最后想和大家说的是，预见未来最好的方式，就是亲手创造未来。

谢谢大家！

（演讲主持：陈曾珍、张蕊；点评：申启武；录音整理：王萍）

新媒体格局下新闻线索研究

嘉宾：南方都市报执行总编辑　任天阳
场次：第5期第6场
时间：2012年7月4日下午

“新闻线索”其实是一个老的话题，在新闻学里也是一个非常基础的概念，为什么还要重新提出来讲呢？这是因为，在新媒体的格局下新闻生产的流程发生了革命性的变化，传统媒体的生产方式在现在受到了极大的挑战，我们讲到报纸，讲到新闻，很多人感觉媒体琳琅满目，但事实上他们对于媒体的理解还是处于一个链条、一条河的概念的阶段，所以在新媒体格局下“新闻线索”这一课题，决定报纸的竞争力，决定媒体的竞争力。

没有新闻线索就没有新闻生产，印刷厂难道只印刷报纸？我觉得不是，它是在印刷影响力，收获影响力。这是媒体最大的特点。所以，我们讲新闻线索是新闻生产的源头，新闻线索的多少是一份报纸综合实力的体现，很多优秀的报纸的成功因素是背后有很多名记。对于名记、名作、名篇的产生，表面上大家看到的是知识结果，而其背后则是信息搜集和信息传播的过程。对新闻学里的老概念、常识性的问题进行梳理，重新认知，我想这有助于理解传统媒体在面临新媒体挑战的时候，我们的策略、我们的未来、我们的走向是什么，从这一点，我们可以做一个探讨。

这个“新闻线索”的概念，我们常常把它放到采访里边。据我了解，这没有一个专门的学问，也就是“新闻线索学”，也没有这样一门课，它在新闻采访中只占了其中的几个章节，这是我感觉远远不够的，因为一份报纸的竞争力其实主要是靠报纸的新闻线索，一个优秀记者的成长其实跟他发现、判断、生产新闻线索的能力有很大关系。就像央视一样，能把很牛逼的嘉宾请到会客厅里面来，面对面地进行采访，其实，作为一线的记者，这个机会是非常少的，但不是没有。大部分时间记者可能是在寻找线索，搜集线索。这是一个基本问题。当你遇到重量级的采访对象的时候，像我们很多优秀的主持人采访领袖一样（比如说华莱士采访江泽民），你要有比较好的功力、比较好的功底，这样提出的问题才能是比较有水平的。下面，我想结合南都这么一个实例，就新闻线索的特征、分类、搜集、创造、管理这几个方面，跟同学们做一个交流。

新闻线索的收集与判断能力是一个记者水平高下的重要标志，没有新闻线索的收集和汇集就没有新闻的生产，新闻线索是一切新闻的开始。新闻线索管理是新闻实践中非常重要的基础工作，是一门涉及采访学、情报学、社会学等领域的学问，但大学新闻系里还未单独成为一门课程，目前在理论建设上还是空白。在新媒体格局下，新闻线索出现爆发式增长，呈现新的发展态势，新闻线索的价值有几个方面：

第一个方面，它是新闻生产的源头，这个可能是很多初入行的记者不明白的。他们很多都是直奔主题，看到老记者能写好多稿子，能有许多优秀的作品，自己为什么写不出东西，找不到新闻线索呢？我觉得他们对新闻线索的认知需要再提高。作为一份报纸，新闻的大量线索来自我们的社会，来自电话爆料，来自各个部门的提供。作为媒体，其实就是新闻的输入、生产再传播、再输入的过程。所以我们讲，无论是对于初入行的记者还是经验很老到的记者，线索其实就是记者的生命，也是报纸的源头。那么离开这个源头，就不可能有新闻河流的滚滚而来，也不可能像南都每天平均的240个版，大概出版的文字资料有40多万字这么一个水平的生产量。所以对价值的理解，我想要有一个整体的概念，就是要有新闻生产、传播这样一个过程。

第二个方面，新闻线索是媒体新闻体系的基础。这句话怎么理解呢？你翻开报纸，打开电视，其实有很多的新闻品种，这些品种包括消息，这是我们最常见的品种，还有通讯、对话、新闻特写、述评、人物特写，也包括评论。所以它是一个基础，只有在有了线索之后这个品种才能存在。那么离开这些线索，所有的新闻品种都将不存在。在新闻学里，消息的写作是最基本的东西，我们也常常见到很多报社的记者，可能刚开始不会写消息、新闻，最后也不会影响他成为一个非常有名的记者。我觉得这可以形成一个规律，这个规律是什么呢？就是记者的知识结构、对新闻的悟性和理解才是起决定性作用的，所以，我觉得新闻线索是媒体新闻体系的基础。包括体育、娱乐新闻以及生活资讯这些其实都是跟线索有关的。

第三个方面，新闻线索是都市类报纸竞争力的标志。这个是什么概念呢？如果一份报纸的报料电话很少，那就要引起我们的警觉了。这是什么概念呢？假如一份报纸的新闻线索少了，能反映出两个方面的问题，尤其是都市类报纸。哪两个方面呢？一是报纸的发行量少了，二是报纸报道的方向有问题了，不能形成反馈和互动。比如说有车祸、火灾的发生，读者报料了，在你这里没有见报，但在别的报纸见报了，或者其他的重大事件，读者给你报料，都没有见报或者采访，这当然会影响到你的报料线索的多少，那这一点我想对都市类报纸尤为重要，所以我觉得它应该是都市类报纸竞争力的标志。所以对全国的都市类报纸来讲，每一家报纸的成功都跟这份报纸接到报料的多少有很大关系。这两点在全国差不多二三十家都市类报纸上都有体现，每一家都有自己的经典名篇，像南都的孙志刚事件，还有大河报，每一家报纸的经典名篇背后其实都是新闻线索的成功，这就是我所说的新闻线索是都市类报纸竞争力的标志。

第四个方面，它是维系报纸完成生产、传播、再生产循环的重要环节。媒体是干什么的，其实就是生产信息，然后是传播信息，这就是一个循环，没有别的太多东西可讲。我觉得主要是完成这样一个东西，广告其实是个附加值，我们往往是因为整个报纸办不好，收入上不去就骂广告部的人，那其实是骂错了的。报纸之所以有广告或者说有品牌是因为影响问题。我刚刚讲的印刷厂其实是印刷影响的，只有影响印刷出来之后广告才有传播价值，所以广告是个增值、附加值的概念。在完成信息生产、传播、再生产的过程当中，其实线索就是个源头，脱离了这一点，报纸就没有办法完成这个循环。

第五个方面，它是记者最基本的业务素养。这是什么意思呢？这个刚刚也讲了，没有对线索的搜集、发现和探索能力是做不好记者的，像画家对颜色的基本素养，音乐家对音乐的基本素养等都是一样的。那么很多记者到报社两三年之后，分野就出来了，同样是大学毕业之后，不管是本科，还是研究生，在南都待了两年半到三年之后，记者水平的高低和未来成就的大小，我觉得基本上是可以判断出来的。适不适合做记者就大致看出来了，其中一个重要的标志不在于写作能力的高低，当然写作也很重要，其实有一句规律：要有新闻，要写好。所以发现新闻的能力对于记者来讲是最基本的，没有这点其实是很难做好的。

下面讲讲新闻线索的特征，这个大家都有一个常识。新闻线索不是新闻，甚至连半成品都不是。尤其是在微博时代，发生了革命性的变化，其实是把原来报纸的生产流程进行再造。原来报纸的生产无非就是记者的跑线或者由通讯员提供新闻线索，还有一个可能是自己的圈子里面发生的一些新鲜事，再往前，20年前，作为传统的报纸，比如说党报，它的新闻线索是怎么获得的呢？

除了上面说的这些之外，对舆论监督的报道，对社会新闻的报道，都有一个读者来信部，这个部门在现在的中央媒体或者省级媒体都还有，有的地方叫“群工处”或“群工部”。这个其实就是传统媒体在计划经济条件下，我说的是20年前遗留下来的一个瓶颈，主要是靠读者来信的方式接受读者的报料。很多的舆论监督报道都是由读者来信部完成的，而不是像经济部或者时政新闻部，因为这些部门都是跑线的，而读者来信部是没有线的，所以这个部门大部分的线索是舆论监督的线索，群众的投诉反映底层、草根、普通人的倾向。微博出现之后，让媒体的新闻线索一夜之间达到了爆发的结果。你看一下，新浪现在是每天超过几亿条甚至十亿条的发帖量，重大的线索基本是在微博上出现的，然后报纸第一时间报道。当然也有新闻线索一出现，第一时间不是在传统媒体，而是在微博等自媒体，马上就在几个小时之内迅速传播，一夜之间变成了一个天下皆知的事件或者“新闻”。当然，这准确地讲不是新闻，因为后面出现了很多对于微博信息的辟谣，对微博信息的纠错。自媒体出现之后，对于报纸变化较大的是，记者必须第一时间到微博上去找新闻、找线索。现在如果一个记者没有到微博上捕捉信息的能力，就没法反应迅速，在与竞争对手的竞争当中就落后了，就是别人都知道了你还不知道，所以这一点就是传统媒体面对新媒体的首要挑战。这个重要的转型，首先从新闻的线索开始，这是一个根本性的变化。还有一个根本性的变化就是微博时代或者是新媒体时代，线索铺天盖地或者说量很大，我们原来做记者的时候，每个人都有一个本子，有线索就记在一个本子上，比如说今天见到了谁，广州新增的公交线路，讲到一个什么事件，什么人可能会成为什么楷模，基本上是一个很有限的记录。还有一个就是整理名片，把自己交往过的人的电话搜集起来，时不时地给这个人打个电话，问他最近在干什么。其实像这些基本功当然很需要，但是这个信息本身很有限。对于一个新的记者或者90后的记者，我们探讨记者的代沟、代际跟记者的采访方式也在发生变化，所以这一点也是一个重大的转型。现在的记者肯定要用微博的账号，利用微博上的信息，随时刷屏，用手机、电脑还有其他方式接触这些信息。有这些信息之后，才有可能第一时间做出反应，发现重大事件。像广州最近发生的20人死、20人伤的油罐爆炸这个重大事故，第一时间也是在微博上发现的。等一下我可能会讲几个例子，不同的媒体格局下新闻线索的来源，我觉得这是一个革命性的变化，这个变化其实让记者选择的机会非常多，现在很多的记者不是没有线索选，而是太多了。所以记者的产量上去了，原来记者一个月大概写100多篇稿子吧，这个已经很高了，现在记者的产量又更高了，就是因为新闻线索多了。假如一个新闻记者非常勤奋的话，我觉得他每天可以写很多条，这是一个重大的变化。其实大家会发现新闻生产的量上去了，而人并没有增加多少。所以在新闻线索的选择上，对记者的要求更高了，他们要判断什么样的线索才是值得去写的。

另外，新闻线索的特征也有几个方面：一是呈现简单新闻要素。比如说重大突发事件可能只讲了他看到的一面，如看到有火光，有人死，有人喊救命，特别是微博碎片化的信息，内容都不确切。二是呈现碎片化信息。就是每个人看到的跟另外一个人不一样，只有把这些东西连起来才可能成为新闻的真相，所以它是碎片的，新闻的五个要素是不全的，尤其是对立面的核心——新闻源。由于他是普通人，不是专业记者，不可能从专业的标准来写新闻，可能他看到的或者听到的都是碎片化的。三是它淹没在其他信息之中。这是什么概念呢？这就是很可能他在讲一件很重要的事，但是他不是单独地在讲这件事，而是在讲另外一件事的时候讲到了这个信息。四是没有逻辑性。新闻是有逻辑性的，有前因有后果，但是新闻线索是没有逻辑性的，可能前言不搭后语，可能逻辑完全颠倒，但确实是有价值的。五是不确定真伪。新闻是真实的，新闻线索不一定是真实的，所以需要辨别。

新闻线索的分类，当然只是个粗略的分法，也是目前报纸比较常见的新闻品种。一是突发新闻线索，这是比较容易理解的，灾难、火灾、地震、爆炸、起火。报纸的突发新闻线索是比较多的。如果一个记者，常常跑突发的没有突发；如果一份报纸，重大新闻常常遗漏，这是个很重大的事件。尤其是一个很重大的新闻，如果第二天遗漏的话，那作为一份报纸是很没有面子的。现在对突发新闻想独家报道难度非常大，除非这件事不想让人知道，但是重大的事件不让别人知道或者想独家难度很大。这是突发新闻，也是新闻线索最重要的内容。二是民生类的，包括衣食住行、服务类、家长里短、公交车线路等等，这些基本上来自服务部门提供的线索。三是政务线索，包括新闻发布会，还有政府政策的发布，这个基本上由部门来提供。四是调查新闻线索。这个是相对静态或者说一段时间存在的线索，它不像突发新闻，获取信息之后马上采访，这个可能是获取一周之后才去采访，并且要花很长的时间才能把稿子写出来，这个线索一般是过去的事件。上述四类新闻线索的价值和分类对于记者理解这方面的内容，对自己采访新闻应该是最基础的东西。平时对于记者，我觉得重要的是对新闻进行分类，如果没有这个概念，是不能有效地管理线索的。

新闻线索的搜集，有以下几个方面：一是部门线索。各条线都有通讯员，负责各部门新闻的报道，提供线索，这也是中国特色之一，每个政府的部门都有自己的宣传科。二是电话报料。报料电话是报纸的生命线，经营好报料电话至关重要。三是网络线索。诸如微博等网络途径的报料，正成为报纸等传统媒体越来越重要的新闻线索来源。

对于媒体来讲，完成一个新闻线索的搜集，形成一个新闻线索的生态圈，是非常重要的。新闻是讲究生态的，没有生态是不行的。

媒体就是强大的信息处理器。在信息技术不断提高、数字化产品的生产越来越多的情况下，报纸就会变成强大的信息处理器。这个当然也会面临重大挑战，在办公室随时随地获取信息的情况下，如何保持人文精神、理想、勤奋、专业、深度这些传统的新闻采访品质，才是一个比较大的挑战。现在对记者来说，可以随时随地找到新闻线索，不用像我们那时候那样累死累活，采访也可以用微博、短信、MSN和QQ，那如何保障新闻的真实、采访的权威？这些其实是对人的要求，当技术提高之后，对人的功能的挑战，也是我们面临的一个问题。现在出现了大批年轻的网络记者、电话记者、微博记者、办公室记者，就是说他们不再出去了，出去天又热，何必，在办公室也可以和采访对象联系，这就是新闻的生产所面临的困惑。如何把90后的记者锤炼成一个能吃苦、愿意出去跑的记者，我觉得这是一个难题，所以现在假新闻多了。假新闻多了，我们也应该反思，新闻信息量大了，假新闻的比例也高了，采访不扎实也多了许多，所以，新媒体给传统媒体的挑战是全方位的，尤其是再造。

对新闻线索的判断，也是一个记者素养的问题。不是所有的线索都有价值，有价值的还是少的，必须大浪淘沙。我觉得有这样几个标准：一是事件类，主要看冲突级别，这跟戏剧是一样的，冲突级别越高，新闻价值越大，反之越小。冲突就是违反常规，当然我们也要注重新闻伦理道德，从新闻伦理上还是不允许的，比如说地震，不能说地震越大越好。二是时政类，跟以往相比有没有新的内容，如加息减税、医改方案正在制定中、公务员包养情妇要开除等。三是民生类，主要看市民的观点、社会和市民关心程度。如猪肉价格上涨、医院乱收费、食品安全等。四是现象类，主要看背后隐藏的实质，尤其是调查性报道，这个对新闻记者的要求很高。比如孙志刚事件，其实是个投诉，真伪不知道，但是后来报道出来就是对人权的践踏，那么这个问题的解决也是得益于新时代对民生问题的关注，这使国务院曾经颁发的收容条例废止。

对新闻线索的管理，既有对记者的管理，也有对媒体的管理。对于记者来讲，我们不能独占线索。现在，我们早就突破了记者对于线索的个人化管理，我们一定要把它当作报纸单位的资产。对记者的新闻线索以及单位的新闻线索建立线索数据库，我们有庞大的数据库，但是这个数据库的综合挖掘，我们还要进一步加强，怎么样把数据库用好。作为记者，也应该对线索进行管理，比如说微博上的线索，现在不需要采访，以后可能会去采访。

接着，还要做好动态监控。因为很多线索不是静态的，而是不断发展的，不是说线索拿到之后就静止了，所以记者要不断地监控线索的动态情况。

此外，进行有效整合。将这个线索和那个线索，要有意地穿插起来，特别是同一类，这就需要部门领导来进行管理。

最后一步，就是计量分析——在数据库基础上进行分析、管理。通过分析，我们可以发现这个问题的趋势，然后再采访。对于部门来讲，是一个重大的工作，可以有效地把握深层次新闻的一些趋势。

最后，我要提到新闻生产的原则。第一，快速寻找新闻的第一落点。要到新闻的现场找落点，这里记者的专业能力也很重要。第二，扩大新闻源。你获取的新闻只是一个点，还有许多值得你去发掘，不断扩大权威信息。第三，最快接近核心新闻源。一个事件当中能把新闻的核心信息讲清楚的人并不多，只有一两个，所以你要找清楚，找不到的话新闻的权威性便不够，尤其是在一些解释性的报道和新闻中。第四，还原新闻。要把很多的碎片还原成完整的信息，最终还原新闻的全貌。

（演讲主持：黄雪萍、肖晶晶；点评：林爱珺；录音整理：李静）

加强网络宣传和舆论引导
营造积极健康舆论环境

嘉宾：中共广州市委宣传部副部长　叶敏
场次：第6期第10场
时间：2013年7月19日下午

最近，大家非常关注美国的“棱镜门”事件，关于斯诺登的去留，大家也天天看新闻。暨南大学请我来讲课，我后来想想干脆就讲互联网吧，因为都是年轻人，可能更关注。所以我今天的题目是“加强网络宣传和舆论引导，营造积极健康舆论环境”，如果有讲得不对的地方，大家可以提出批评。我就想把我在这一块的一些经历或者一些体会，跟大家分享。

我刚才看了一下，各位都是非常年轻的学子。在座的每个人肯定都会有微博，都在用微信，每天都在上网、刷屏，对互联网非常熟悉，在某种程度上可能比我更懂互联网。很多人说，每天上网是必须的。互联网给我们带来的全球资讯为我们的生活交流带来了无限的可能和方便，但是也给我们带来新的挑战。首先我承认互联网的发展对我来说是一个非常大的挑战。说起来大家可能不信，我在宣传部干了25年，基本上在各个处室都干过，1999年就在政府新闻办工作，这么多年经历了广州的各次大型活动，比如说亚运会，我们全程跟进，对广州的一些大的活动、会议也跟进。我也觉得这两年，特别是互联网的生态环境、处理网络的能力对我们提出了更高的要求。我们怎么来从容应对，怎么来发挥互联网方面的正能量呢？所以，今天大概有三个方面的内容：第一个是我们现在所处的国际国内的互联网形势；第二个是我们广州市如何做好互联网的新闻宣传和应对；第三个是在网络舆情和应对危机时的一些建议，其实是一些工作心得。

当前国际国内的互联网舆论形势

因为我们现在已经进入互联网时代，必须了解互联网的信息，所以大家可能每天都上网。我听说有人每天还可能上好几个小时。我因为工作的关系不可能整天都上网，但是关于微博，我大概关注了5个微博，想跟大家分享一下。这些微博我每天都会刷来看一下，第一个是@人民日报，因为这个是我们党中央的声音，是第一话语权，因为做新闻宣传工作，我们必须每天看看@人民日报。第二个是@头条新闻，这个@头条新闻现在有1718.2万粉丝，我们觉得它是第二舆论场，也是大家所说的草根舆论场和民间话语权。第三个是@总裁语录，这个微博有108.9万粉丝，其实也不算太多。为什么要关注呢？因为它里面有很多很经典的归纳，特别是在单位当领导或者在企业当老总，每天看一下，然后在台上演讲或者对你的同事讲的时候，人家会说：“哇塞，这么有水平，这么厉害！”它里面有很多人生哲理，很多用人之道，你们可以去看看，有时候你刷一下，看一下，还是蛮有启发的。第四个是@传媒老王，他很多时候会把比如今天广东媒体的头版——《广州日报》《南方日报》《南方都市报》《羊城晚报》《新快报》《信息时报》等6份报纸一一摆在一起，给你去看这6家媒体的头版报道的是什么，重点是什么。如果我们做新闻，都应该看，这其实是一个学习的过程。当然也不一定是广东，也可以是北京、央媒的几大报纸的头版，他都全部拍出来。第五个是@中国广州发布，它是我们市委市政府的官方微博，是我分管的互联网下面的，我也必须看，因为他们每天大概每小时会发一条，现在也有200多万粉丝，在业界评价不错，在全国来说也走在政务微博的前面。所以，这5个微博我经常看，因为互联网的信息太浩如烟海，其他的就不一定都会看。

那在讲这三条之前，因为同学或者老师对理论都非常熟悉，所以我想先讲一些例子跟大家分享。可能有些同学已经知道，有的同学不知道。关于互联网，首先讲一个我们怎么沉着应对，化危机为转机的例子。我一说可能很多同学都知道，就是四川会理县领导悬浮照事件。2011年6月，天涯社区发了一个帖子，说会理县的宣传照片太假了，就是把四川会理县网站上领导视察的照片用PS技术合成的。大家可能都上网看过，它展示的是一条路上几个领导浮在公路的上面，在那里考察，人家一看就知道它是PS的。这个一发出来，网民全部都来围观。那个网站发现以后马上删除了这个帖子，就说“不行啊，人家网民都在骂啊，赶快删掉”。但是网民可不放过你了，不知道你们有没有看过，我都看了，他们把奥巴马网络作战室的那张照片PS在后面，说“他们去白宫了”，反正各种各样的恶搞。把他们的领导PS得出国、上天、入地……那这个时候怎么办呢？那个网站知道这样不行了，首先就在报纸上承认错误，接受了《潇湘晨报》的一个采访，说“是我们做得不对，工作存在问题”。第二天，他们马上在新浪专门开了一个道歉的微博，就说这个事情做得不对。然后那个PS的当事人也出来发了7条信息，主动承认这个事情，还说感谢全国热心网民让我们的领导有机会在短时间内周游世界，旅行归来，现在领导已经回到正常轨道，希望网民把关心的焦点放在这个会理县的古城上。这个人很厉害啊，他就把这个坏事转过来了，在这之前可能全国人民都不知道会理是什么地方。他利用这个时间发了很多他们县里的风光照片，让一张合成的领导照片引发的基层政府的信任危机得到了化解。这个事情证明了什么？一个是我们的政府要有公信力，错了就要承认错误；另外就是出现危机公关的时候要把危机化解在问题出现之前。这就是我所说的第一个案例。它给我们的启示我想有这么几点：第一，我们必须跳离封堵的怪圈，勇于承认错误，不要一出问题就找人去封啊，去堵啊，只有这样才能把舆情平稳下来。第二，要善于利用网络来加强沟通，所以他们马上在新浪开通了道歉的微博，和网民互动沟通，化解危机。第三，借势宣传，化危为机，这个就高人一招了。所以这是一个值得借鉴的例子。

第二个例子，就是我们干部、公务人员在互联网时代会受到很大的考验，所以必须懂得互联网知识。这个很多人也知道，就是江苏溧阳的一个局长通过微博来开房。2011年6月，也是在天涯论坛，有一个帖子说“在微博发现的，速来观，你懂的”，关键词——“领导开房”。看到这两个人的微博十分露骨，网民就觉得他们两个人在相约开房。我记得当时报纸上也报道了，发了很多图片，很多网民在对话。当时还有一个记者去采访那个局长，那个局长说：“我本来就不懂这个的，人家说现在不发邮件了要发微博，你们怎么能看得到我的微博呢？”他根本就不了解微博嘛。“你当时能看到我的文字吗？”——当时这是“局长体”。后来他们当地在网上回应了这个事情，主管部门对这个当事人进行了处理。这个舆情也是很典型的，它启示我们网络的素养应该成为每个人的必修课。而根本的是要加强道德修养，因为那个人如果不干这个事，也不会成为网络的热点。这个“微博开房门”给了我们这些公职人员还有领导干部们启示。不懂得互联网知识，如何跟得上这个发展迅速的世界啊。广州也有，我们也处理过。当时白云区，有个街道的干部也是裸聊，然后被别人报料报到报纸上了，他都不懂，他说：“我跟她两个人聊，怎么会全部人知道呢？”当时我也提醒很多人，一定要懂得这些基本的知识或者了解基本的情况。

讲讲我们广州自己的。我不知道前期你们有没有看报纸，大概是2013年5月份吧，《求是》杂志下面的《小康》杂志做了一个报道，说广州要花6.2亿建一个福山革命公墓，这个公墓只放国家干部，引起了舆论的质疑，网上一片哗然。网民说广州不是要搞十大民生工程吗，那为什么要建个公墓放国家干部啊？我记得一个电视采访的画面，有个记者随便问路上的一个老人说：“欸，我问问你啊，这个公墓放公务员你怎么看？”你猜那人怎么说，他说：“啊？放公务员？是放死人还是放活人啊？”你说可不可笑。发生这个事情的那天下午，民政局局长就给我打电话，说：“冤枉啊，根本不是我们这个公墓啊……”我说：“那行啊，如果不是的话，你们赶快回应啊。报纸要明天出，你们要在民政局的官微上说你们这个福山公墓是干什么的，这个项目的内容是什么，要埋的是什么。”好像下午5点钟吧，他们就把这个公墓项目的情况赶快在网上通报。晚上他们写了一个新闻稿回应各大媒体，说网上出现这个事情其实是怎么怎么的。当时他们否认了这个公墓只埋干部的说法。然后很多微博包括@人民日报就转载了，网民对政府的这个反应表示肯定。这个事情能够公开地告诉网民，于是第二天舆情就平息下来了。所以在互联网时代，我们应该怎么去应对呢，我们一定要有很清醒的头脑。

例子说得太多了，咱们言归正传。我想把第一个问题跟大家分享。第一，从全球范围来看，我们现在面临的国际互联网环境非常复杂，为我们的网络舆论宣传和舆论引导提出了新挑战、新问题。大家看到这个就很明白了。截至2012年4月，全球网民总量已经达到23亿，同时，全球互联网用户人数正以每秒钟近8人的速度增长。2012年，亚洲网民数量突破10亿大关。未来互联网的发展将更加快速，我们已经进入世界地球村时代。各国已经将互联网作为政治、经济发展的战略来看，由于世界各国互联网普及率越来越高，互联网用户增长迅速，扩大了我市与世界各国、各城市的交往，为我们与世界其他国家的经济贸易提供了便捷渠道，为提升我市城市形象和影响力提供了机遇。我记得上个月去深圳参观腾讯，他们带着我走了一圈。我最深的印象是什么呢？在腾讯大厅的第一个板块，实时显示全球使用QQ的人群，它是不断地闪的，美洲、亚洲、欧洲什么的，最多的还是我们中国。当时实时统计，全球使用QQ有4亿多人，而且统计称其中绝大部分是80后。这个无可辩驳的数字非常惊人，很厉害，非常厉害。

第二，目前，互联网领域意识形态斗争也越来越不平静，旨在以互联网抢占舆论高地的制网权已经上升为各国的国家战略，我们面临的网络舆论环境复杂尖锐。我们提出“第四空间”的概念，原来我们是从海、陆、空来讲竞争，现在以互联网为载体的“第四空间”的竞争越来越明显，各国已经将这个作为国家战略层面的东西。

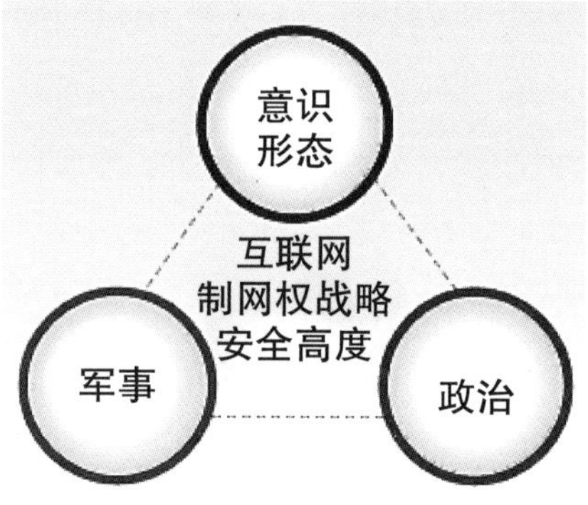

美国、欧盟、德国、英国、法国、俄罗斯、日本、韩国、印度、新加坡、南非等都采取了不同的措施来加强意识形态安全，加强网络战争的部署和防御，来赢取全球制网权的主动。美国更厉害，它已经从技术、资源、信息、法理等层面抢占到了全球网络空间制网权和制高点，对我们进行潜在的挑战。这个我们大家必须知道，要有一个非常清楚的头脑。美国2010年成立了美国网络司令部、网络安全执行办公室，以我们为假想敌，发动网络进攻。“棱镜门事件”一出来，大家就很清楚了。美国政府出台了网络空间国际战略、网络空间行动战略，将网络的“第四空间”直接对现实空间起制约作用，其战略地位超越领土、领海和领空。

第三，对互联网公司加大扩张和扶持，美国在这一块占有绝对优势。美国有微软、因特尔、谷歌、苹果、国际商用，有世界一流的跨国技术公司，全球数据处理80%以上都在美国。

第四，互联网的话语权掌握在美国手里，这是我个人的看法。2011年西亚北非的社会动荡、2011年8月伦敦骚乱等都是利用新型社交媒体作为载体来传播它的观念，发动年轻一代对政局起到推波助澜的作用。

第五，在我国培养意见领袖作为价值观的代理人，比如说宣传几个“论”，包括中国崛起论，我们面临的环境是非常复杂的；散布中国责任论，说在好多地方和军事上的事情要给那些不符合经济利益的国家和地区实施军事打击；还有中国威胁论，对我们的意识形态进行攻击，通过各种人权奖励，物质上、技术上的培养培植，来挑动我们国家的各种社会矛盾，有时是夸大其词，有时是无中生有，造成我们的一些事件发生。

我们反过来看看国内的情况。从我国国内情况看，国内互联网舆论环境整体积极健康，但网络舆论多元集中，网民情绪性强，对网络宣传和引导提出新挑战、新课题。第一，“中国梦”的提出凝聚了中国力量，树立了中国人的信心，鼓舞了中国人的士气。新一代领导层的施政新风得到了正面评价，比如习近平总书记就说人民对美好生活的向往就是我们的奋斗目标，网民还是给予了好评。另外出台的“八项规定”，老百姓还是比较欢迎的。反腐举措和反腐成效，也得到了大家的赞赏和肯定，比如说四川的前省委副书记、太原的公安局长、重庆的雷政富等高官的下马。包括广州，每月我们纪委都会开新闻发布会，把最新处理的情况

我国互联网用户发展情况

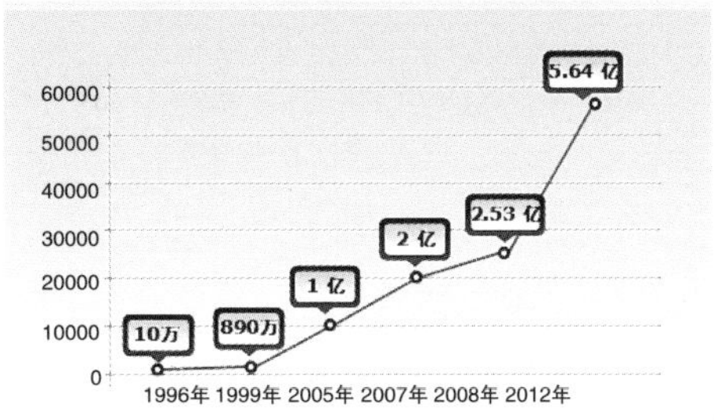

向社会公报。反腐的力度还是比较大的，不仅仅是抓苍蝇，连老虎也一起打。还有就是将反腐工作引向深入，有案必查，有腐必惩。我想现在这种气象大家是可以看到的。另外在国家主权的维护上，也赢得了百姓的拥护。我记得习主席说过要坚持走和平发展道路，但绝不能放弃我们的正当权益，绝不能牺牲国家的核心利益。第二，现在国内互联网也是不平静的，网民情绪性较强，网络热点事件不断，网络舆论泥沙俱下，良莠不齐。从目前我国互联网发展的整体情况看，我国互联网发展迅速，互联网的发展极大地方便了我们的生活，为我们的交流交往带来了方便。这里有几个节点：1987年，我国向德国发出了第一封电子邮件，成为中国走向互联网时代第一步的标志。1994年，我国NCFC工程通过美国Sprint公司连入Internet的64K国际专线开通，这是我国进入互联网领域的正式标志。到2009年，我国已经建成辐射全国的通信光缆网络达826.7万公里，3G网络已基本覆盖全国。大家再来看一组数字：

我国互联网的普及率已经超过了21%的全球平均水平，我们的是22.6%。这种发展给我们带来了以下好处：方便了人际之间的交流、交往；提高了我们的工作效率。丰富了信息获取，提供了文化生活资讯；为企业带来新的商机和平台。我听说淘宝网每分钟售出4.8万件商品，日交易峰值达到19.5亿，这个非常厉害。在遇到重大公共安全事件时，微博、微信等发挥了强大的正能量。比如雅安地震中，微博社交媒体能够寻找一些援救地点，发起了微救援、微募捐，极大地提升了中华民族的凝聚力和向心力。

但是也有不好的地方。第一，有人在互联网上发帖说话还是缺乏理性，有时候网民第一分钟听到消息，第二分钟就发表评论，这些评论是感性的，不管三七二十一，先说了再说，叭叭叭……一件事出来，下边一大溜，各种人都上去说了，还一呼百应。第二，真假难辨，有人写就有人发，就有人行动，说了再算。第三，盲目攻击，不管你是政府官员，还是仇官仇富，反正你就是官员，你就是没理可讲，网民一开始就把官员放在有问题的角度来想，首先肯定你是个坏人，然后再找出来你是不是贪污，是不是腐败，是不是有不可告人的秘密。这种心态还是有的，我不是说全部都有。此外，当互联网遇到社会转型期，就变成一把双刃剑。中国互联网一直保持着很高的互动交流程度，特别是随着微博、微信等社交网络的快速发展，更多的网民参与网上内容创造。大家请看这张图：

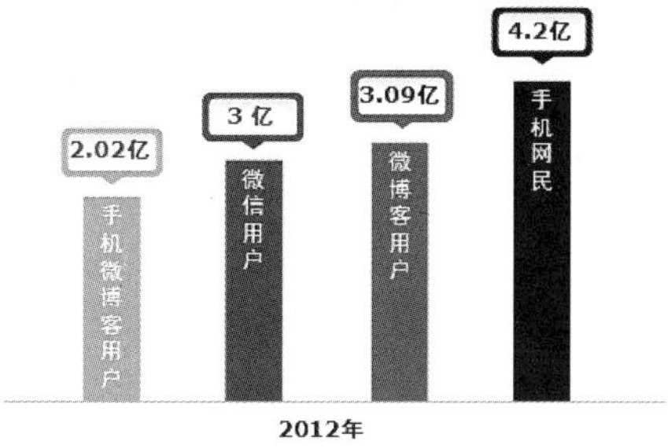

你看中国多少人，可能中国的年轻人都是网民，都通过手机上网。现在网络的舆论生态是非常复杂的，各种社会矛盾在网络上呈现。网络舆论关注点丰富多元，但相对集中，出现了一些焦点现象。一、贫富差距和官民矛盾引发的仇富、仇官舆论，比如2009年杭州富二代飙车事件，我们称之为“七十码”；2010年的“我爸是李刚”事件；2012年李双江儿子的强奸案等。二、由于城市化进程中引起的征地拆迁案件，比如一些最牛的钉子户；环境污染引起的维权等群体性事件，像厦门的PX事件。三、各种食品安全事件，大家知道的镉大米、三鹿奶粉、上海黄浦江的死猪。四、公检法中的各类奇怪死亡方式，比如“躲猫猫”、喝水死、睡觉死等。五、官员不当言论，引起舆论的众声讨伐，比如说河南有个官员对记者说“你是为党说话，还是替人民说话”。六、各种安全事故引起官员下台事件，最出名的是7•23的动车事故、陕西交通局长杨达才的“微笑门”事件。七、城市外来人口和本地人口的矛盾引起的群体性事件。八、网络反腐引起网民情绪兴奋等，比如什么“房叔”“铺叔”。

广州市的互联网宣传和舆论应对

刚才我说的是国际国内的情况，那广州是怎么做好互联网新闻宣传和舆论应对工作的呢？就是推进网络问政，加强政务公开，使互联网成为我市传播先进文化、弘扬广州正能量、建设幸福广州的有效平台。广州现在的情况是什么样的呢？由于广州地处改革开放的前沿，毗邻港澳，我们的互联网产业非常发达。广州现在是这样的，大家请看这个图表：

这个图是2012年底统计的。广州是全国媒体最发达的地区，各种传统的媒体现在纷纷都向数字媒体、全媒体融合。广州有优良的文化传统，岭南文化的包容性非常大，我们的网络舆论环境相对比较轻松，老百姓思想开放，价值观多元，而且网民的素质比较高。因为广州的高校非常多，高素质的年轻人也非常多，所以思维非常活跃，对广州还是很热爱。我们看到很多年轻人去拍广州、议论广州，首先是出于对广州的归属感，我们觉得很欣慰。比如说大家都知道的光头哥、举牌哥、拇指哥，很多年轻人都体现了参与公共事务，表达权利意识的现实关照精神。也有敢于直言的专家，像钟南山等，这对我们的城市是非常重要的。

但是广州也是西方敌对势力进行文化渗透的反渗透的前沿阵地，意识形态斗争相对复杂。境外媒体来我市活动频繁，媒体竞争激烈，同时也不排除有些网民通过网络发起事端，进行炒作，为的是抓取眼球，博得关注，提升自身身价，借此成为捞取个人利益的手段。全广州有1200多万网民，每个网民都有一部手机，每部手机就是一张报纸，一个电视台，一个包括了文字、图片、声音、画面为一体的全媒体传播平台。面对有些是故意找茬、有些是商业性质的、有些带有更大政治目的的来自境内外的网民，我们该怎么做呢？

现在我们抓住互联网发展机遇来迎接挑战，打造积极健康的舆论环境。第一，打造全国一流的党委政府官方微博平台——中国广州发布平台，树立“为网民服务、与网民互动”的理念，为广州树立了健康的网络形象，2012年，广州被评为“全国网络形象十佳城市”。我们及时反馈民意，汇集民智，形成了比较完善的网络舆情收集的反馈系统。因为我们跟香港政府新闻处有相当多的交流互动，前几年我去那儿就了解到，他们每天8点钟就要把前一天发生的主要新闻、关系到香港的热点事件整理成一个新闻快报，送到特首的办公室，特首在见任何记者之前就心中有数，知道今天媒体主要关注什么，或者世界上有什么比较大的突发事件。现在我们也建立了一个专业的舆情队伍，建设现代化的舆情研判系统。我们现在早上8点钟也会把前一天有关广州的网络上和新闻报道中的情况直报到市长和书记，让他们第一时间知道老百姓关心什么，今天广州最大的新闻可能是什么。我们现在是一天两报，24小时值班。我们还借用一些科学的手段，做了一个舆情研判系统。另外，我们也跟大洋网合作搭建了一个开放的“民意圆桌会议”公共网络问政平台，把城市建设的一些意见、网民关注的一些情况第一时间让大家知道、了解，让各种民生政策的出台更加符合老百姓的心意，更加符合公共利益。

第二，积极面对新媒体，抓住政务微博发展机遇，抢占网络宣传阵地。2011年，广州市委、市政府官方微博平台@中国广州发布携首批24个党政部门、社会团体及公共服务企业的官方微博开通运营，组成了广东省内地级以上市首个政务微博群。2012年，启动全市第二批52个事关民生部门政务微博上线。现在我们总共有72个官方微博，每天发布各种声音。从7月8日起，我们所有市政府常务会的新闻发布会都会全程网络直播，而且引入网民提问环节，部门负责人直面网民提问，这种做法被誉为首开国内政务公开之先河。如果你们关心可以去看看，@中国广州发布都会告诉大家什么时候我们会开常务会议新闻发布会，也可以上去提问。另外，从市长到副市长，到下面的各部门，都开新闻发布会。上一次包括西方主流媒体在内的全球高端媒体到广州，市长就坐在这里说：“我不设规定，你们有什么问题都可以问。”现在这些城市的领导者的心态还是很开放的，没有什么是不可以说的，就是看你怎么来说。举两个例子吧。一个就是去年的黄埔油罐车特大爆炸事件，当时是在黄埔区的高架路上，湖南的两辆车发生碰撞，油流出来流到了木材厂和工人住的地方。当时，我赶到现场的时候，好恐怖啊，下面全都烧起来了。旁边有运送鸡鸭的车，烧死的鸡鸭到处都是，然后所有媒体都想到现场去拍摄。工地那里正好有几个板房。市长和书记都赶到了，他们就说这个事情肯定要说的，不说不行，因为所有人都看见黄埔那个方向烟雾腾腾。当时也不知道事故造成多少人死亡，然后现场发现有多少人死了，有多少人送医院，就快报事实，慎报原因。当时市长就叫我迅速起草一个东西，然后发布到微博，因为媒体都在等着。让所有媒体都进入那个现场是不实际的，不是不让他们看，而是非常危险，因为进去再发生次生灾害怎么办，所以当时我们拉了警戒线。我们第一时间把情况发到了@中国广州发布上面。然后我在现场跟当地的宣传部门设立了一个记者接待站，我们把情况随时反馈给记者，当天连续发了三次新闻稿。另一个就是2013年的H7N9疫情，当时大家都担心广州怎么还没出现。我和卫生局长一起到市里开会，市长就说决定报这个事情，每天下午5点钟就在@中国广州发布做一个平安公告，通报今天H7N9的情况是怎么样的，广州有没有发生感染病例，然后再通过《广州日报》每天发布一次，还提醒大家要注意什么。通过以上的行动做到了让老百姓知情。因为我记得非典那年我也是在新闻办，当时有一篇文章是这样写的——“百姓知情，天下太平”，就是说要让老百姓知道情况，才能把稳定做得更好。

第三，在处理重大敏感舆情时，我们认为信息公开、透明是压缩谣言空间，取得网民理解的最好方式。近年来，我市对各类重大民生工程以及一些热点敏感问题，以召开现场新闻发布会、网络新闻发布会等形式，积极回答网民问题，充分发挥政务微博的正能量，传播城市精神和城市形象。@中国广州发布开设20多个栏目，提供天气、广州历史、民风民俗、岭南音乐等便民生活服务；积极树立和传播我市涌现的好人好事，增强城市凝聚力、向心力和市民的归属感；发起营救小碧心、帮助牛杂爹、宣扬托举哥、凭吊郑益龙、寻找走失亲人和初恋情人等等活动。政务微博还是得到了大家的认可。

关于网络舆论危机应对的若干建议

接下来呢，我想就网络舆论危机的应对问题，提一些建议。有这么几条：

建议一，面对网络舆情和网络危机不能熟视无睹，不能逃避，不能不屑一顾，而要及时收集网络意见建议，做到信息对称，同时要遵循“快速响应、快报事实、慎报原因、重报态度、妥善处置”的工作原则。我们归纳了一下应对网络舆情危机时存在的一些问题，一是不屑一顾——“我懒得理了，网上又不是真的，我管他干什么呢，让它炒吧，炒一天炒两天，炒半个月就过去了。我就不看了，眼不看为净。”像鸵鸟一样，反正把头躲进去不管。二是简单否认——“哎呀，都不是真的，就上网说一说就行了嘛。”三是封堵——“哇，这个事儿大啊，如果再炒就不得了了，我们赶紧删吧。”四是回避责任——“这个不是我们部门的，这个不关我们的事啊，你们找谁谁谁。”五是抵触对抗——“我干吗要去解决问题啊，你们部门只是部门啊，你又不是我们上级的领导，我干吗要去处理啊。”

建议二，面对网络舆情和网络危机，不能封堵遮掩，而应积极介入事件，及时发布权威消息，压缩谣言传播空间。因为现在是互联网时代，只能面对，不能掩耳盗铃，不能躲一时避一时。一发现舆情，就要去应对，而且要快速应对。我记得我上次跟企业的宣传人员去交流，也说到这个事情。有一些国企的领导就说“你们早点说就好了”，我说“你们也可以去应对的，要看你们应对的方法怎样”。比如说番禺房叔事件，大家说他有17套房。当时在网上一看到这个舆情，我们就通知番禺赶快查一下这个事情是真是假，番禺的纪委马上发出一条微博，说这件事情是存在的，但是要进一步调查。6个小时后他们就回复了，发出了官方的消息，大家会觉得广州反应还是比较快的。还有就是刚刚我说到的油罐车事故，我们也是第一时间赶到现场，第一个发稿子，极大地满足了公众对信息的需求，消除了猜测和谣言的空间。我不知道大家还记不记得当时黑龙江商场起火的事件，死了好多人，但官方一直都不出来说，于是大家就质疑不止死这么多人，不然的话为什么官方久久不出来说话。我觉得只要城市的领导人说“你们可以说”，我们就好办，该怎么样就怎么样，所以上级首先就要明确这点。

建议三，面对网络舆情和网络危机，不能简单否认，而应真诚回应网民关切的问题，谨言慎行。不能说这个事不关我事、不了解、无可奉告，记者和网民肯定会追问的。比如杨达才就输在这里了，一开始回应含糊不清，人家就拼命追问你了，你说没问题那我就查你。还有一个就是7•23动车事故的发言人王勇平，他很亏，他的发言其实不错的。我前年去英国威斯敏斯特大学培训的时候，那个老师跟我说，王勇平在他们那里培训时是最好的学生，他们最刁难的问题他都回答得很好。但是当时那个情况你真的不能怪他，因为当时媒体和网民都不满意，舆情汹涌，本来都是针对动车事故的，但就是因为他说了句“至于你信不信，反正我信了”，矛头就全指向他了。后来他出国了，工作调整了。所以回答的时候要很真诚，要谨言慎行。还有一个细节我注意到了，就是王勇平一进入发布会的现场就问："各位记者，我问你们我是坐着来回答问题呢，还是站着来讲？"首先势就弱了，人家就觉得你好像有点虚啊，怎么一进来就讨好我们啊。有时候新闻发布是很正式的，大家知道美国的总统里根，新闻发布的那个提示板是他发明的。很多人说奥巴马讲得很好，美国总统两个小时、三个小时在那里演讲，有个提示板在电视镜头的前面，里根是近视，他就把那个板放得远一点，所以讲话的时候就必须将身体前倾才能看清，但是在所有的电视画面上，人们会觉得他很谦卑，很诚恳。人都是有身体语言的，你这样讲大家心里就很舒服。包括当年美国宇航局航天飞机掉下来，通知总统办公室，通知新闻官，在下午发布之前提前一个小时关着门训练总统如何向全国发言，"挑战者一号"摔下来以后如何表态，包括哪些东西如何讲，它的公关公司做得很到位。现在我们很多领导干部没有训练，或者很害怕媒体，见到媒体就跑，所以我们新闻发布的质量就达不到要求，讲不到点子上。

建议四，面对网络舆情和网络危机，不能推卸责任，更不能抵触对抗，要坦诚面对，真诚亲民。现在很多人遇到记者来采访就说："哎呀，你是谁呀，这事情都不是我管，你去采访别人吧。"他们都很害怕记者。赵启正原来是国务院新闻办的主任，他当时就跟我们讲过，记者不是你的学生，不是你的部下，不是你的朋友，不是你的敌人，而是你的挑战者。那你的心态就一定要摆正，如果你把记者或者网民当成敌人，他们肯定就把你当成敌人。人是很敏感的，你把别人当敌人，他肯定对你也是有戒心的，这都是相互的。

建议五，注意切割问责，要以主流媒体发出声音。发生问题的时候，一定要精确地切割，控制危机，如果在街道就不要在区发声，如果在区就不要在市发布。就像当年越秀区武装部的政委就建议，区发生的事情还是区来发布，不是由市来发布。其实当时也有媒体打电话问我的意见，我说这个事情不是市里的，是区里的事情。另外，我们必须通过主流的媒体来发出声音，因为大家还是比较相信主流的媒体。最后就是要坦诚亲民，聆听沟通，解决问题，赢得尊重。关于之前的那个垃圾焚烧事件，陈市长把那些网民全部请到市政府，我当时也参加了。网民对市长说，垃圾焚烧厂建在我们那里肯定是不行的，要不建在你们市政府旁边吧。市长当时给他做了很详尽的回答，当时是全程网络直播的，没有事后才告诉你市长怎么讲，网民怎么讲，我们怎么讲。我们的进程是一步一步往前走的。

以上这些就是我们在工作处理过程中的一些经验总结和意见建议。接下来我再讲一下有关突发事件新闻应对和处置。我上次去英国的威斯敏斯特大学培训的时候，BBC公关部的主任就讲到突发事件新闻应对的9条原则：第一是突发事件发生以后要尽快了解事实；第二是迅速建立应对队伍；第三是高层要马上介入；第四是内外交流，口径一致；第五是建立一个权威发布的通道；第六是做好沟通，表达正确的观点；第七是应急团队中必须有法律顾问；第八是要做好演练和培训；第九是保持开放和诚实的态度。现在突发事件的处理流程，我们主要有这么几个：首先是联络。一旦发生像地陷、台风、群体性事件之类的事故的时候，第一步是要明确领导和领导机构，知道谁在那里说了算；第二步是确定权威发布的媒体是什么；第三步是事发部门的相关工作团队要在现场。其次是把控。要有人在现场，立马设立一个采访区，一些像雅安、汶川地震的重大事件，都会马上有新闻中心的。我记得雅安地震时，一个晚上就连续开了三场新闻发布会。再次就是发布。这里又有几点：第一是确定发言人，可以临时指定；第二是确定新闻稿；第三是大的事件还要组织新闻发布会接受提问，介绍情况；第四是把握程序，因为刚刚发生时和后面的结果可能不一样，就要分阶段来进行发布；第五是要回应一些传闻和不实。

（演讲主持：高崇文、李海艳；点评：支庭荣；录音整理：汤敏）

第2部分

全媒体转型与集团战略

南方报业全媒体转型的实践与思考

嘉宾：南方报业传媒集团社长　杨兴锋
场次：第5期第11场
时间：2012年7月7日上午

当前，媒体格局正处于激烈变动的时期，新技术带来的新的传播方式，对传统媒体造成了猛烈的冲击。对传统媒体来说，转型既是热点，也是难点。为了区别于传统媒体，我们将新的媒介形式，统称为新媒体。新媒体的“新”字代表了一个动态的、不断发展变化的过程。中国互联网信息发布中心发布的《第29次中国互联网发展状况统计报告》显示：2012年，国家互联网网民的应用习惯已经发生了显著变化，包括新型的执行通信、微博等在内的新兴应用与扩散，与此同时，一些传统的网络应用使用率明显地下滑，显示出互联网发展变化的速度是如此之快。

2010年，南方报业传媒集团举行战略发展研讨会时，我们专门邀请了一批活跃在新媒体领域的南方报人回到“娘家”来交流。在业内，南方报业被称为“新闻界的黄埔军校”，无论是传统媒体还是新媒体，在全国的很多新闻机构中都活跃着很多从南方报业走出去的专业人才。我们统计了一下，大概有200多人，而且有一段时间，国内十大新闻网站里有七八家的负责人，是从南方报业走出去的。

其中，腾讯网总编辑陈菊红曾是南方周末的一名普通记者，她跟我讲新媒体发展变化的速度太快，现在门户网站已变成传统媒体。正是因为新媒体处在动态的、不断发展变化的过程中，传统媒体的转型才会既是热点，也是难点。

转型充满了诱惑，既要我们有投身进去的勇气，也需要不为所动的定力。一千个人心中有一千个哈姆雷特，转型没有成功的路径可循，需要不断地探索和总结。下面我就结合南方报业的转型实践，谈一些思考，跟大家一起分享。

一、如何认识新技术带来的媒介形式和媒体格局的变化

新媒体的发展处于快速变化之中，传统媒体的转型没有定法可依，这并不等于说媒介形式和媒体格局的变化没有规律。任何事物的发展都有规律，认清规律是参与发展的前提。新媒体的发展日新月异，难以把握，我们不妨把眼光向后看，审视一下媒体的发展历程。首先看看最古老的媒介形式——报纸经历过的三次大的冲击。第一次是广播，第二次是电视，第三次也就是现在的数字化媒体。第一次冲击和第二次冲击没有影响到报纸的发展，有人据此得出了结论：第三次冲击同样不会影响到报纸的发展。事实上，第三次冲击与前两次冲击有着本质上的不同，所以这个结论是不成立的。因为广播是听觉，报纸和电视同样是视觉，但报纸的视觉是静态的，电视的视觉是动态的，也就是说电视的视觉是排文字的。曾经有人尝试在电视上读报，结果完全失败了。大家可以想象一下一家人坐在客厅围着电视机看、读报是一个什么样的景象，最关键的是他们与报纸本质上是一样的，都是单向传播。实际上报纸、电视、广播是同一性质的传播方式的不同表现形式，它们是并行的关系，不仅可以共存，而且可以相互促进。互联网的出现是革命性的。互联网改变了原有媒介相安无事的并行态势，互联网对之前的媒体是包括的关系，它几乎可以涵盖所有的传播方式，一站式体验势必冲击原有新闻的单一方式。互联网实现了互动，双向传播不仅改变了新闻的获取方式，还改变了新闻的传递方式和生产方式。美国，作为世界上传播业最发达的国家，它的报纸纷纷停刊，停出这个印刷版，已经证明了这种革命性的不同。中国的报纸广告，现在还处在出版周期之中，但是，

发行量已先接近了天花板的态势。中国报纸的黄金发展期，我认为它已经处在尾声，因此，以报纸为代表的传统媒体，面对的不是要不要转型的问题，而是怎么转型的问题。

其次，我们看看媒体形式发展演变的主线。从报纸到广播电视再到数字化媒体，这其中发展演变的主线，或者说归一性的东西是什么呢？搞清楚这一点，对我们认识新媒体，搞好转型有很大的帮助。我们还可以分得再细一些，这样可以分得更清楚一些。比如广播，它经历了大块头的电子管收音机、便携的晶体管收音机和车载收音机；电视演化出了户外的显示屏以及移动电视。现在网络媒体的热点正在向移动互联网转移。从这个发展演变的过程可以看出，科技的发展已经紧紧伴随着媒体的发展。比如媒体的移动化，并不是今天才有，科技与媒体向来都是一对如胶似漆的亲密爱人。事实上，媒体发展演变的主线从来都是充分利用科技的发展成果，最大限度地满足人们对新闻的需求。随着互联网的出现，这个满足新闻诉求的过程达到了从量变到质变的程度，新闻真正实现了随时随地、无所不在，不仅迫使新闻的发展更加多样、更加容易，而且人人都可以成为新闻的发现者和生产者、传播者。顺着这条主线的脉络，我们会发现，传统媒体转型必须重视两个变化。第一个变化，我们要注意的是技术变得前所未有地重要。技术不再意味着印报纸的印刷机、打字排版的电脑，技术已经从传统媒体的工具升格为贯穿新闻生产到传播全过程的驱动力。第二个变化，我们要注意的是媒体的生存环境。从卖方市场转为买方市场，这是使人们的新闻需求得到极大的释放和满足的必然结果，概括起来，就是技术驱动和用户导向。这也应该是传统媒体进行转型的主线。

再次，我想说新闻的品质，人人都要重视。媒体发展变化的主线，一直是利用科技进步，最大限度地满足人们对新闻的需求。这里面暗含了一个命题，那就是人们对新闻是如此地渴望，以至于它成了生活中不可缺少的一部分。历史学家和社会学家的研究表明：人们本能地具有了解世界发生了什么的内在需求，这会令我们感到安全和自信，觉得世界在我们的控制之中。新闻影响了我们的生活质量、思想和文化。打个比方，有一点像动物对自己领地的本能的认知要求。正是由于人们对新闻的本能的内在需求，决定了严肃的高品质的新闻不会没有市场，更不会消失。人人都可以发现和传播新闻，甚至是制造新闻，这与其说新闻的个性化对严肃新闻造成了冲击，不如说是提出了更高的要求。只有真正的新闻才会影响到我们的生活质量，影响到我们的思想和文化，从而让我们感到安全和自信。那些无意义、虚假的新闻只会起到相反的效果，这一点从人们对网络水军的厌恶就可见一斑。当人们正在谈论新闻去专业化的时候，YouTube在2011年的一个重要的动作，就是向路透社注资，以制作原创的新闻节目。Facebook在与《华胜顿邮报》《华尔街日报》《卫报》等报纸建立伙伴关系之后，正在考虑收购《华盛顿邮报》。如果专业化的新闻失去了市场，互联网的巨头们为什么要涉足这些传统媒体呢？一些传统媒体对新闻的重要性失去信心，我觉得，实际上是失去一种高高在上的卖方市场地位后的一种错误的反应。新闻的发现、生产、传播全过程都极大地丰富起来，报纸不再是唯一的传播载体，所以，办报纸的人难免会有失落。新闻的全过程极大地丰富，并不意味着改变了新闻的本质意义，相反地，丰富是为了更好地认识所处的世界。新闻的本意从未改变。我觉得弄清楚这一点很重要，不然的话，我们很容易在转型中迷失方向，丢掉自己的核心竞争力。“倘若一个国家是一条航行在大海上的船，新闻记者就是船头的瞭望者，他要在一望无际的海面上，观察海上的不测风云和险滩暗礁，及时发出警告。”普利策的名言在今天仍然具有现实的意义。如果认识到新技术带来的媒介形式，媒体格局的变化将是一个很大的题目。在这里，我主要挑了对传统媒体最重要的三点来讲。小结一下我刚才讲的这些内容，主要是三个问题：第一点，不是要不要转型的问题，而是要怎么转型的问题；第二点，只有重视技术的驱动力，重视转入买方市场后用户的地位，才是符合媒体发展演变规律的转型；最后一点，就是不要丧失对新闻本身的信心。这是我讲的第一个部分的内容。

二、南方报业传媒转型的核心思想和总体原则

解决了认识论的问题，接下来就是方法论的问题。我将介绍一下南方报业传媒集团转型的思想和总体原则。

第一，南方报业传媒集团转型的总体思想是聚合战略。

聚合战略就是以品牌力为核心，将集团内外的资源相互聚合，使全媒体适

应内部发展的需要。从20世纪以来，传媒抓住了传媒集团的环境，实施了龙生龙、凤生凤的多品牌发展战略，打造了一系列成功的子媒体品牌。这种裂变式的发展模式，是对旗下媒体所拥有的核心资源的共享与核心能力的扶植，是一种内生发展和差异性发展的模式，是我们在激烈的竞争环境中多品牌发展的实践结晶和宝贵财富，并取得了巨大的成功。但是我们不能不看到这种模式主要依靠自身的积累滚动发展，随着媒体格局的显著发展，其越来越显示出要发展的一面，因此必须进行战略升级。聚合战略就是战略升级的结果。裂变式的发展模式是聚合战略实施的基础。没有当年快速的扩张，现在也谈不上聚合。聚合也不意味着我们要排斥扩张，相反，扩张仍然是聚合的基础。这些年来，我们实施了跨地区办报，成立投资公司运作，走联合发展之路来发展新媒体，都是聚合战略下的扩张。聚合战略的核心是进一步强化品牌的力量。“聚合”是在南方品牌下的聚合，一个充分竞争的市场，必然是品牌角力、品牌决胜的市场。南方报业具有很高的品牌影响力和美誉度，但是一直没有形成真正意义上的影响力。聚合战略的实施，就是要解决这个问题，可以说解决了这个问题，就解决了南方报业可持续发展的关键问题。聚合战略的重点，是管理上的科学化和精细化。报业发展黄金期的扩张是速度优先，相对来讲比较粗放。进入转型期，对外我们有进入买方市场后的市场细分、用户细分的要求，对内有整合资源、提高效益的要求。夯实自身发展的基础，于内、于外都需要我们进行科学化、精细化的管理。2012年，我们战略发展研讨会的主题，就是“机制、体制的创新”。我们要通过这种创新完善集团的管理体制，进一步巩固并深化转型的成果。

第二，我想讲一下南方报业实施全媒体转型的定位和总体原则。

集团对全媒体转型做出了一个科学的界定。我将它概括为：向全媒体转型是在延续已有优势上的转型。将平面媒体的信度（也就是我们讲的公信力）、深度和高度的优势，与新媒体海量信息的宽度、速度和互动度相结合，通过流程重组，实现新闻信息统一采集、加工、编辑，实现多媒体融合发展。具体说来就是三句话：全媒体生产、全介质传播、全方位运营。在2010年的发展研讨会上，我在总结发言的时候强调：从四个方面深刻认识全媒体的转型。首先，传统媒体和新媒体不是非此即彼的关系，而是要在继续全力发挥平面媒体核心竞争力的基础上，积极发展新媒体。其次，从平面媒体集团向全媒体集团转型，并非简单地把平面媒体内容、影响力延伸到网络等新兴媒体上，而是要有全新的视野，对传统的平面媒体的运作模式进行一场革命，要有创新和超越。再次，从平面媒体集团向全媒体转型并非短短几年就可以一蹴而就，而需要一个长期努力的过程。最后，从平面媒体集团向全媒体转型并不是不顾自身的条件，一哄而上，什么都做，而是要立足于我们的自身优势与核心竞争力，有所为有所不为。2011年，集团战略发展研讨会梳理了全媒体转型的方略和路径，在原来实践的基础上，我归纳了全媒体转型中必须处理好的八个关系：一是要处理好传统媒体与新兴媒体的关系，就要继续“深跟”，我这里用“深跟”，是指既要深跟传统平面媒体也要大力发展新媒体；二是要处理好内容与平台渠道的关系，既要继续巩固提升优势内容生产能力，也要顺应互联网时代的发展规律，高度重视平台和渠道的建设，重视长久的建设；三是要处理好提升传统运营能力和创新商业模式的关系，既要继续提升原有产品的运营和品牌运营，以及跨媒体、跨区域、跨行业拓展和合作的能力，也要致力于寻找探索新的商业模式；四是要处理好集团战略和发挥各二级单位的积极性，既要从集团层面加强推动战略转型的积极性，也要充分发挥各个报刊杂志社的积极性；五是要处理好动力机制与责任机制的关系，既要形成有效的激励机制，又要建立完善的考核约束和风险控制机制；六是要处理好媒体社会属性与社会商业属性的关系，既要不断地巩固强化我们自身的责任和担当意识，也要充分地参与市场的竞争，为集团的事业打下更为雄厚的经济基础；七是要处理好自力更生和开展对外合作的关系，充分利用社会资源和资金来发展新媒体；八是要处理好战略构思与执行力建设的关系，既要有长远的前瞻性的战略，不能急于求成，也要以朝气蓬勃的精神抓落实抓执行。这两次战略发展研讨会成果显著，统一了集团上下对全媒体转型的认识，明确了集团全媒体转型的定位，规划了全媒体转型的路径，调动了全媒体转型的积极性。正是基于对这种全媒体转型的科学认定，对全媒体转型方向的准确把握，集团的全媒体转型才能在稳妥之中进行，并不乏开拓进取的精神，让积极探索立足于实际，最终取得了显著的效果。

三、南方报业全媒体转型的四个特点

集团的全媒体转型取得了可以说是阶段性的成果。目前集团开展的全媒体项目主要包括平面媒体、网络媒体（包括新闻、区域门户、电子商务类、教育类等网站，博客和微博等）、移动媒体（包括手机报、智能手机和平板电脑等移动客户端）、户外LED和电子报栏等五条产品线。集团旗下所有的媒体，均积极探索全媒体的业务，总体水平处于同业领先地位，传播能力显著提升。集团的全媒体建设，可以概括为：平面全媒体的巩固优势继续领跑，大屏稳步推进，缩小差距，小屏快速发展，抢占阵地，在此基础上逐步地实现融合发展。近两年来，在新媒体的冲击下，在国家实施宏观调控的经济背景下，集团仍然保持了高速的发展。到2011年已经拥有12份报纸、9本杂志、1个网站、1个出版社，品牌影响力持续提升。在世界品牌实验室前不久刚公布的“2012年中国最有价值的500个品牌”排行榜上，南方报业传媒集团在没有记录南方报业主品牌的情况下，仅靠旗下的《南方日报》《南方周末》《南方都市报》和《21世纪经济报》四份报纸的品牌价值，就达到317亿元，多年维持中国媒体品牌价值第一位。集团的经营权不断扩大，全年的营业收入已经将近40亿元。集团能够保持高速的发展，全媒体转型的成功实施发挥了重要的作用。

归纳起来，目前，集团全媒体转型主要有四个特点：第一个特点，聚合平面媒体核心竞争力，以品牌为核心，推动全媒体发展。我们各个媒体在全媒体转型中的突出特点，就是以品牌为核心，主动将平面媒体的核心竞争力与新的媒介传播方式有机地结合。我们的转型能够取得目前的成绩，最根本的原因，就是实现了各种媒介传播方式在南方品牌下的有机结合。如果没有充分发挥这种主要由平面媒体竞争力凝聚的品牌效应，以集团目前的新媒体技术资金实力，不可能形成现有的竞争力。总体上，集团各媒体的全媒体转型效果与其所在的平面媒体综合实力成正比。平面媒体综合实力强的全媒体，传媒转型的步子迈得大一些，效果会好一些。这也从另外一个角度说明了技术发挥平面媒体核心竞争力对全媒体转型的重要性。下面请大家先看两段视频（视频略）。

第一段视频是《南方周末60分》电视节目的宣传片。南方周末制作的这个节目现在还没有正式播出，正在与电视台洽谈怎么播。从目前洽谈的情况来看，反映非常好，购买意向几乎是百分之百。现在的问题是什么呢？是南方周末的制作人员不足，无法满足电视台每周五天连续播出的要求。南方周末正在着手解决这个问题。南方周末试水电视节目获得的反馈可以很好地说明以品牌为核心的聚合效应。这种聚合效应首先体现在采访资源上。我们了解到不少电视台因为请名人上电视很难，无法操作高端的访谈节目。南方周末的品牌影响力决定了它在高端访谈节目上的先天优势，很多知名人士认同南方周末的办报理念，看重南方周末的品牌价值，愿意接受南方周末的采访，上南方周末的节目。其次，它体现在节目的制作水准上。不少电视人反映这个节目与传统的电视节目的风格非常不同，有很强的南方周末的烙印，新闻专业性突出，水准很高，这就是聚合了平面媒体优势内容生产能力的结果。最后是体现在成本的优势上。《南方周末60分》不仅有高端访谈，还有时事评论等其他的栏目，节目的制作采用与报纸采访同步进行的方式，叫作“一采两制”，既保证了质量又节约了成本。

第二段视频是南都与广东电视台合作的《花岗光影》节目。这个节目是南都娱乐报道向电视娱乐延伸的一次成功的尝试。它的风格与南方周末的节目完全不同，体现了南方报业“和而不同”的媒体集群理念。但是在充分利用品牌专业能力的聚合操作模式上，两者又是一致的。由于节目播出以来反响良好，而且产生了不错的经济效应，现在它播出的周期已经由原来试播时候的每周一期改为现在的每天一期，而且每一期都是电视台拿钱来购买的，购买了以后还送两分钟的广告，这两分钟的广告是南方都市报组织的，广告的播出收入全部归南方都市报。

接下来，我着重讲一下南方都市报的转型，为什么呢？南方都市报是集团全媒体转型的试点单位，转型的步子迈得比较大，在集团范围内具有代表性。为了进一步深化转型，从2012年起，南方都市报系已经更名为“南都全媒体集群”，按照集团的要求，它们确立了全媒体转型的总体思路。围绕着品牌媒体，以市场占有量为基础，以品牌认同度为起点，以价值观传播为核心，以资源吸附力为枢纽，聚合传统媒体与新媒体的形态、渠道和力量，实现复合传播与立体覆盖，打造从市场到品牌更为纵深、立体和复合运营的传媒集群。品牌是南都传媒集群得以构建的基点和核心能力，以南都各个品牌为核心，各个子品牌在不同层面自由组合，各个子单元围绕着南都品牌，既自成体系，生机勃勃，又不断通过不同城市的组合成为一体，欣欣向荣，更重要的是通过组合产生新的组合，产生各个子单元所不具备的特性，从而形成一个类似魔方概念的南都全媒体集群。南都全媒体集群正是在这种组合中应运产生了更多的可能性，更多的市场机会，更大的话语权。因此，南都用魔方的形态和意向来设计南都传媒集群的入口。目前，南都全媒体已形成了以《南方都市报》《南都周刊》为代表的平面媒体；以南都网、奥一网、大粤网、凯迪网为代表的网络媒体；以南都Daily为代表的移动媒体；以南都官方微博为代表的SNS应用；以合作电视、电台节目为代表的广电项目；以南都运营研究院为代表的品牌运营机构；以南都嘉华、上海阿尔法公司为代表的技术支持的这样一个从后台到前端的完整的媒体生态系统。在南都无处不在的品牌理念下，南都全媒体不仅致力于从单一媒体到全媒体各类型的平台打造，更注重全报刊网络媒体平台、全媒体内容生产平台、全行业运作业务平台、全广告运营平台、全活动营销平台之间相互策应带来的综合效应，从而获得更大的执行品牌影响力、话语权和广告市场份额，既做大了现有的盘子，也不同程度地带来了业务的增量，实现了互补型的南都全媒体集群的价值。2011年，南都全媒体旗下的各个子媒收入达到了7000多万元，比2010年增长了将近一倍，虽然目前体量不大，但是增长的速度非常可观。需要说明的是，南都的子业务单元与《南方都市报》相互策应产生的品牌效应已经体现在《南方都市报》的广告收入当中。广告客户的投放已经从以发行量为衡量标准逐步向发行量和品牌影响力综合考量转变。这一点是在统计中难以体现出来的。2012年南都全媒体信息集成中心投入使用，这标志着南都的全媒体转型迈入了新的阶段。南都全媒体信息集成中心是软硬一体化的资深型工程，包括集成系统中央控制台、组织架构、流程考核等等。它将进一步围绕着品牌，整合南都的资源，进行流程的再造，构建起全媒体的生产关系，推进全媒体运营能力的提升。南都全媒体信息集成中心带来的一个显著变化是组织架构上的变化。南都重新梳理了组织架构，使之从一份主流城市日报的管理模式开始向真正的全媒体集群管理模式转变。这里面有一项很重要的措施，就是将南都传媒研究院升级为南都全媒体品牌事业中心。南都全媒体品牌事业中心是实施南都全媒体品牌再造工程的主体，它将担负起南都的品牌建设、推广、管理、增值、运营等功能。南都全媒体集群将从传统的采编、经营、行政的三驾马车格局升级为由品牌、采编、行政、经营构成的四轮驱动的格局。南都报系以及集团其他媒体的探索，表明利用平面媒体的核心竞争力能够有效地推动全媒体的发展。而全媒体的发展又能够巩固和进一步提升平面媒体的核心竞争力。这种复合发展是集团全媒体转型的根本方法。

集团全媒体转型的第二个特点是发扬勇于创新、善于创新的传统，积极探索全媒体转型的新路径。在聚合平面媒体的核心竞争力，实行复合发展的过程中，如果把握不当，就会受到平面媒体思维定式的影响，用旧思路思考新问题，放慢创新的步伐。因此，我们反复强调全媒体转型并不是简单地把平面媒体内容、影响力延伸到网络等新兴媒体上，而是要有全新的视野，对传统平面媒体运行模式进行一场革命。是超越，亦是新的创业。集团各媒体在传统媒体转型过程中比较好地贯彻了这一思路，发扬了勇于创新、善于创新的南方传统。一方面，主动将平面媒体的核心竞争力与新的媒介传播方式有机地结合；另一方面，又能够自觉地打破思维定式，避免对既有发展路径的依赖。南方周末的全媒体转型，并没有因报纸强大的品牌影响力，而放慢创新的步伐。传统媒体所办的网站大都是流量偏低，而南方周末的新媒体借助流行的社交媒体的力量，打通主流社交网站、社交应用的通道，形成了分布式新闻的格局。在保证原创优质内容的前提下，提升了官网的流量，扩大了覆盖面和影响力，取得了良好的效果，并因此获得“2011亚洲数字媒体大奖”“最佳社会化媒体银奖”，这是内地媒体首次在该评比中获奖。2012年，南方周末又对网站进行了全新的改版，在网站风格、页面布局、社会化网络整合、用户体验优化等方面着手，全方位地提升了南方周末网的页面风格和用户体验。目前，南方周末报业全媒体业务已经覆盖超过1400万主流人群，包括170万报纸读者、160万网站注册会员、450万移动终端用户和700万SNS平台用户，全媒体的影响力在国内平面媒体中遥遥领先。面对新兴的移动媒体，集团并没有因为发展方向的不确定性和盈利模式的不清晰而踌躇不前，而是鼓励旗下的媒体大胆探索。南都报系、南周报系和21世纪报系在移动终端和应用的创新方面都取得了瞩目的成果。因为在业界具有巨大的影响力，苹果公司每年发布的各个国家向量排行榜被看作是移动应用的风向标。

在2011年中国区的排行榜中，南都Daily HD排名iPad报刊杂志类应用首位，南都Daily在全年的新闻类应用下载排名中稳居前十，屡次占据第一位。南方周末在品牌影响力、技术创新能力与移动平台深入结合的基础上，尝试营造自身的移动阅读生态环境。2012年2月份，南方周末推出了基于苹果iOS平台的收费精品电子书《三体》，短短三个月，已经成为付费收入仅次于《乔布斯传》、iOS中文电子书有史以来收入第二、2012年到现在销售收入第一的单行本的电子书，充分显示了品牌技术和品牌平台相结合的威力，成为2012年数字出版领域的亮点。目前，南方周末与微软、英特尔等公司建立了良好的合作关系，微软已经邀请南方周末作为高级合作伙伴，与其即将推出的Windows8一起发布，成为微软操作系统历史上首创的新闻运动。集团的户外LED联播网，创造性地整合公益宣传和广告，彰显媒体的通用，打破了户外媒体单一的广告运营模式，体现出了利好的成长路线。该项目已经在珠三角和附近城市的商圈和交通圈运营了将近40块LED屏幕，总面积将近6000平方米，并且实现了联网和联播。2011年，LED屏和户外LED项目仅仅试运行了8个月，收入就已经达到了4000万元。创新是南方报业的优良传统，创新的基因曾在集团平面媒体的发展壮大过程中发挥了关键作用，现在也是集团全媒体转型的核心理念。

第三个特点就是立足自身实际，发展全媒体有所为，有所不为。集团旗下的全媒体项目大多是在投入比较有限的条件下发展起来的，各媒体立足自身条件，走出了各具特色的全媒体转型之路。新媒体毋庸置疑是未来媒体的发展方向，但是新媒体快速发展过程中的不确定性，决定了既不能错过，也不能有事。立足自身实际，有所为，有所不为，就是坚持审慎的理性的发展思路。以21世纪经济报系为例，在全媒体转型过程中没有过度地追新求全，始终坚持以数字库为中心，始终坚持以21世纪网为平台，全面开展线上线下活动，以稳健的有针对性的运营方式，带来了较好的收入。目前，《21世纪经济报道》拥有200多万读者会员，营业收入在同类资源中处于领先地位。2012年每季的收入将出现大幅度的增长，整体的收入有望突破亿元。立足自身实际，不仅仅是投入过程中的量入为出，更是发展的态度、原则和价值观。随着集团全媒体转型的进一步发展，即使在资金更加充裕的条件下，立足自身实际也是十分必要的发展原则。

最后一个特点就是走联合发展之路，谋求合作共赢。以网络为标志的新媒体天然的开放性，本质上决定了走联合发展之路的合理性，而媒体行业演变为资金密集型行业，进一步促进了走联合发展之路的必要性。集团在全媒体转型过程中，充分挖掘自身的资源，积极开展内外合作，走联合发展之路。2011年3月份，腾讯与我们合作的大粤网，充分整合了南方报业和腾讯的优势资源，上市才两个月，网站流量就排名第一，成为华南第一区域门户网站，创办当年就盈利。南方都市报2011年和上海阿尔法合作，利用阿尔法技术和软件开发力量，结合南都领先于业界的全媒体实践和需求，联合研发全媒体信息集成中心集成系统。信息集成中心的投入使用，标志着南都的全媒体发展进入一个新的发展阶段。南都将以信息集成中心为核心进行流程的再造，不仅建立了一个更加适合全媒体发展需要的运作体系，同时，也形成了有效的机制，进一步推动全媒体理念，进一步再造人才。全媒体转型是一个复杂的系统工程，它需要体制机制转变、资本运营、人才等各方面的联动，在这些方面我们也采取了一些有利的措施，在这里我就不一一展开了。

由于定位准确，措施得当，南方报业取得了阶段性的成果。目前集团的全媒体转型，进入了加速发展期，我们清醒地意识到体制、资金、人才在这一阶段的矛盾将进一步凸显。转型之路任重道远，不进则退，它需要我们更加坚定信念，加倍努力。

（演讲主持：鲁婷、吕芳敏；点评：董天策；录音整理：汪金萍）

南都全媒体集群方略

嘉宾：南都全媒体集群执行总裁　庄慎之
场次：第6期第2场
时间：2013年7月15日下午

短短三五年间，整个传媒业的变化非常巨大，尤其对于传统媒体而言，传统平面媒体实际上都面临着巨大的冲击。面对这种冲击，整个南方报业传媒集团以及南都本身选择的不是逃避，也不是等待，而是主动求变，去应对这样一个时代。

转型对于南都来说已经不是一个阶段性的目标，而是一种伴随性的自身成长方式，或者说也是一种成长方向。需要强调的是，转型肯定不是今天提出转型，明天或者明年就可以完成的。转型实际上是一个不断学习，不断把旧观念、旧意识洗掉，然后融入自己新的能力的过程。这是我们自己做的一个品牌广告，它不是PS出来的。图中显示的是南都全媒体集群的一个牌子，经过深圳交警的同意，我们在南都深圳的总部树立了这一块牌子，往右拐就是我们南都全媒体集群的深圳站。比较有意思的是，这里正好是向右转。

南都全媒体集群提出战略转型思路是在2009年下半年，当时提出的思路还不是很清晰，只是说方向是要搞全媒体。后来，整个南方报业传媒集团也把全媒体转型定为集团发展的思路，同时把南方都市报或者说是当时的南都报系作为集团转型的试点单位。

在这样一个大背景下，我们怎样来理解转型的整体思路呢？用前任社长杨兴峰的总结来说：第一是要建立全媒体的生产能力，主要指的是内容上的生产；第二是形成全介质的传播能力，这主要是渠道方面的；第三是全方位的运营能力，这是在业务层面的。这三个层面是互通交融的关系，待会儿在我的介绍中会看到，全媒体的生产能力和全介质的传播能力是相关联的，而前两种能力的最终实现，是帮助媒体提高全方位运营能力的基础，这就是整个报业传媒集团的转型战略思路。

对于南都来说，我们在2009年就有了“全媒体”的提法，但实际上到2010年、2011年才慢慢清晰和固化下来，成为南都全媒体转型的整体思路，我们后来把其提升并荟萃为一个概念，也就是“南都全媒体集群”。什么是“南都全媒体集群”呢？我们做了一个内涵上的定义：围绕着南都这个品牌媒体（这里的南都也就是原来的《南方都市报》），以市场占有量为基础，以品牌认同度为起点，以价值观传播为核心，以资源吸附力为枢纽，由此聚合传统媒体和新媒体的形态、渠道和力量，实现复合传播与立体覆盖，打造从市场到品牌更为纵深、立体和复合运营的传媒集群。

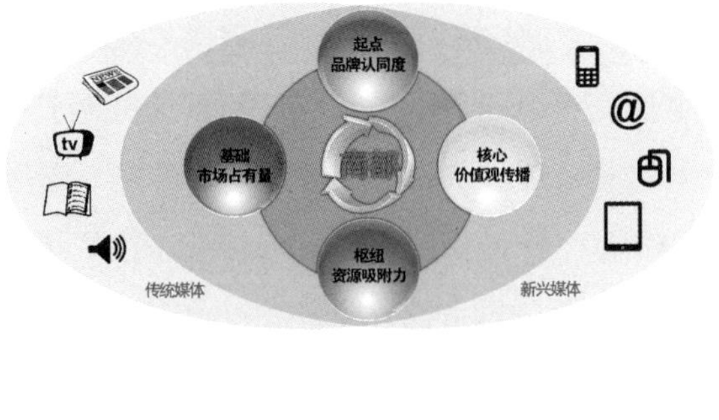

我认为这个概念有别于其他的定义，它比较具体，是南都全媒体操作的方向和思路。我觉得最核心的一点就是，之前业界有过比较多的新媒体概念，在这些概念

中，新媒体与原来的传统媒体、品牌媒体是割裂开来的，但南都全媒体集群则是建立在原有品牌核心的基础之上。

从一份日报到南都全媒体集群

我们来看看南都从1997年1月1日创办到现在的基本脉络。这张图可以看到其变化的过程：

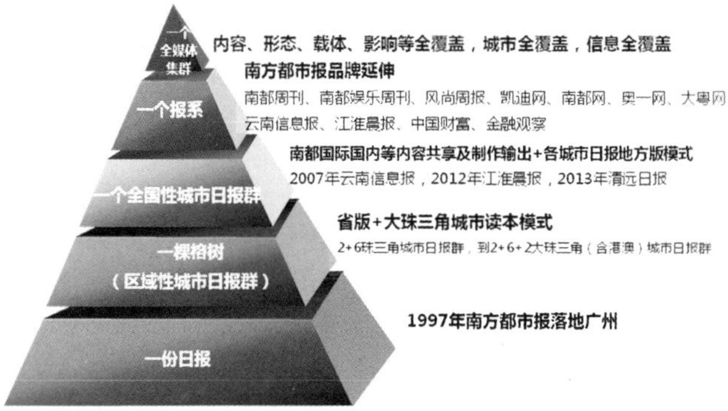

1997年的南都是一份单一的日报，而且只在广州发行，当时范院长亲自创办《南方都市报》，这是南都的第一个阶段。第二个阶段我们简化为“榕树”式的发展阶段。南都在珠三角地区建立起区域性城市日报群，用《南方都市报》的同一个刊号做不同城市的地方版，密集覆盖了珠三角的城市群。最早是“2+5”的布局，现在已经达到“2+8”总共十个城市。除了肇庆没有我们的驻点，整个珠三角包括港澳都有我们地方版的覆盖。这样一个“榕树”式的扩张方式，我们也可以在同一阶段把它移植到全国，我们希望未来的南都成为全国性的城市日报群。第三个阶段就是一个报系。从这里大家可以看到，我们报业的品牌更加丰富，我们开始去创办一些周刊杂志、网络等形态。从我们的理解来说，报系比较偏向于行政组织概念，报系内部还是以报为核心，或者作为思考问题的方式。

南都全媒体集群的目标，或者说我们正在做的“全媒体集群”的发展方向是：未来的南都全媒体集群不再是简单的一份报纸或是一堆报纸，我们期望南都全媒体集群能够成为现代信息集成商和全媒体数字信息的运营商。最后强调的一点是：媒体和信息混合运营商。为什么有这一点？因为南都本身具有媒体职责，而不是完全以信息赚钱为目的，媒体还有其社会职能所在。所以，它是这两方面相辅相成的混合运营商。

三大支撑战略

要完成这个宏大目标，经过这些年的实践和规划，我们有三大支撑，也可以说是分战略来支持南都全媒体集群总战略的转型。它包括三个方面：基础战略是跨区域办报，也就是说要做我们的老本行，或者说我们最在行的东西；第二个是核心战略，即跨媒体的集成战略；第三个是升级战略，即跨行业的拓展战略。

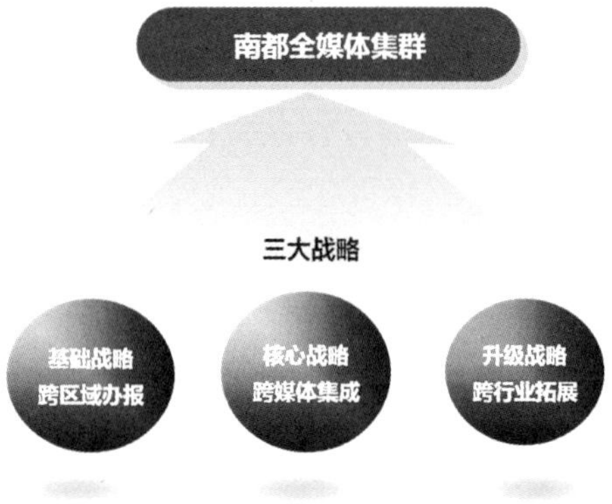

首先简要地介绍跨区域办报的基础战略，这个方面在刚才讲到“榕树”时已略微涉及。它可以分为两个阶段，第一个是区域性的城市日报群，也就是珠三角的城市日报群。珠三角的地理位置和经济发展态势决定了我们可以采取这样一种方式。因为珠三角的八个城市都是在广东省内，同时又是相对富裕发达的城市群，这能够支撑《南方都市报》做地方版本，然后密集覆盖珠三角城市群。我们为什么是“2+6”呢，所谓“2”是广州和深圳两个中心城市，“6”包括珠海、佛山、东莞、惠州、中山、江门。现在佛山又把顺德分出来，因为它是作为一个特别的城市，所以我们有专门的顺德读本。同时从2010年开始，我们也发行到了港澳，从而形成这样一个布局。

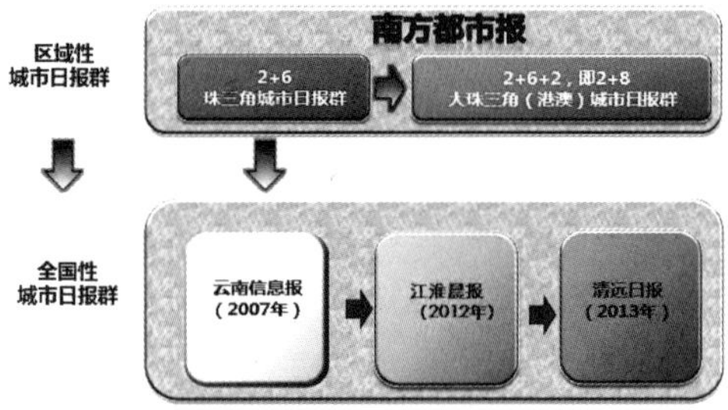

目前，《南方都市报》是唯一密集覆盖十来个城市的综合类日报。《南方都市报》每天都在出十份日报，而不是一份日报。这个出版量，或者说这样一种模式，不仅是广东平面媒体中的唯一，在国内来说也几乎是唯一的。我们从2007年开始拓展和延伸这种模式，这跟上面的城市群日报稍有不同，是用不同的刊号，但操办的方式是比较接近的。2007年，我们与云南出版集团共同打造了《云南信息报》，2012年，我们在合肥创办了《江淮晨报》。在2010年的时候，我们准备在东北办一份报纸，只不过因为一些地方保护因素而暂时被搁置。2013年，我们将“云信模式”做了一定的改进。作为地方的市委机关报《清远日报》，主动跟《南方都市报》寻求战略合作，让我们入驻清远日报。关于市场类的报纸，我们办得多了，但是将一份市委机关报，改造成为一份全新形态的主流政经大报，这样的一种新模式实际上在《清远日报》上得到了实践。大家可以看到，所谓的地方版我们叫作读本。

为什么要强调这是我们的基础战略？目前为止，或者说从创办至今的十几年间，《南方都市报》这个品牌媒体依然在整个南都群中是最为核心和大体量的，包括影响力、社会基础和经济效益。第三方慧聪调查公司的数据显示，从2009年开始，《南方都市报》已经跃升为全国平面媒体广告营收第一位。这是第三方按照刊例价统计的数据，南都位列第一名并保持至今。这就是为什么强调基础战略的原因，所以必须把报纸办好。

包括《云南信息报》在内的以下报刊是最新的延伸。《云南信息报》从2007年开始创办，到2009年就实现扭亏为盈。原来它处于每年亏损2000万的状况，但在2009年实现盈利。在我们合办之前，它在都市类媒体市场中排位第四，在我们进驻之后，一两年间已经跃升为市场的第二位，同时盈利能力不断攀升。2013年1—6月份的经营数据显示，在国内媒体中，包括在南都内部，《云南信息报》是为数不多的处于正增长的报纸。我们所称的“云信模式”在国内有相当大的关注度，《人民日报》、新华社都刊发过相关的文章，云南出版集团公司的副总龙雪飞专门就《云南信息报》跨地区办报模式出了一本书，叫《中国式联合重组》。《江淮晨报》则是我们跟市级传媒集团联合制作的，到2013年8月28号就是我们入驻一周年，目前它的发展形势也特别好。《清远日报》则是一种比较新的模式。据了解，全国的市委机关报与省报集团中强势的市场化媒体进行实质股权上的合作，这应该说是前无古人的。

我们办报也办刊物，《南方都市报》本身是区域性的报纸，《南都周刊》《南都娱乐周刊》《风尚周报》等则是全国性的杂志。从2012年开始，我们的跨区域办报又有了新的形态。《南都METRO》是一份免费的地铁杂志，是南都全媒体集群与深圳龙华线地铁全方位合作所创办的新媒体。在跨区域办报上，我们在深圳有很多方面的创新，接下来在广州我们也会做这方面的努力。深圳的《鹏城通》实际上是一份免费的社区报纸，但在国内，无论是深圳还是广州，社区报与国外的社区报稍有不同，因为我们对它在盈利空间、成本投入等方面有比较高的要求，中国的社区报多多少少跟行政区域是相关联的。深圳的《鹏城通》实际上与行政分区相关联，它是由区委、区政府与我们合作，如宝安区、福田区、光明区等，目前有六个区在做社区报。《南方都市报》很快也会在广州天河区合作发行免费社区报。通过这种延展，去深化或创新传统报纸在现代传播环境下可以拓展的空间，我们既往上延伸，也往下延伸。

第二个战略是跨媒体集成的核心战略。这个图比较清楚地展示了《南方都市报》、南都全媒体集群到底想干些什么和为什么这么做。

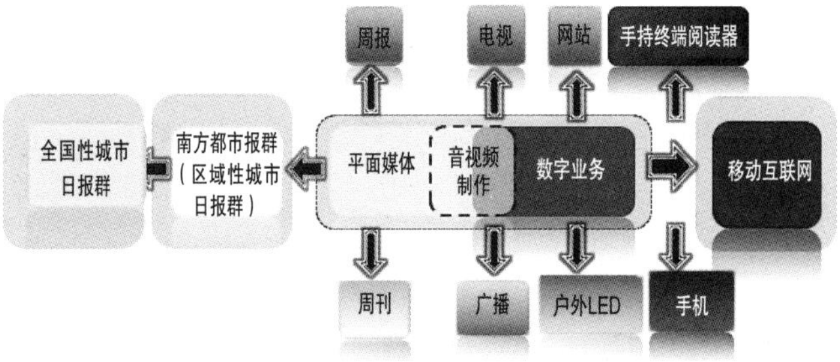

中间长方形的方块是业务实质，或者叫业务核心，黄色这部分是《南方都市报》最早的起点。我们现在并没有放弃办报纸，甚至依然发展我们的报纸。除了区域性的城市日报群之外，还包括社区报等免费报纸的创新。我们希望通过资源共享、干部派出、运营商协同等方式，建立起全国性的城市日报群。我们当时设想，如果《南方都市报》未来的全国城市日报组成单元在国内能够占据5到8个城市的话，那《南方都市报》城市日报群的影响力就完全不可同日而语了。比如昆明、合肥有了，郑州、宁波、杭州再到华北地区等如果也有的话，通过这种方式，那实际上《南方都市报》就可成为全国性的日报了。我记得当年我们与范院长对话时做了这样一个长远的规划，现在也是在一步一步地实现中。

中间的方块是全媒体集群的业务模块，包括作为我们基础的平面媒体，平面媒体当然也包括周报、周刊等纸质的传统平面媒体。中间还有一项业务是音视频业务，这项业务是我们尝试向电视、广播延伸的内容。我们认为，平面媒体业务和音视频业务都是传统业务，最终所有媒体的业务都会落在数字业务上，作为其真正的核心。数字业务可以延伸出包括网站、户外LED、手持移动终端（iPad、手机等），我们认为未来最终的业务核心会落在移动互联网上。这就是我们对跨媒体集成核心战略所做的业务分析。

看完这个就会明白杨兴锋社长所说的“全媒体的内容生产能力以及全介质的传播能力”为什么要达到，这样的业务过渡和转型体现了全媒体生产能力和全介质传播能力的需求。我们希望的最终目标是受众在任何地点、任何时间、任何设备上都可以获得来自于南都（而不仅仅是《南方都市报》）为他提供的有效的、有用的，或者他需要的任何信息和内容。这些就是跨媒体集成核心战略中主要的单元。比如说由原来奥一网改组之后的南都网，它是我们的官网，但现在我们将其定位为南都数字业务的主平台。以我在业内所知，南都网是国内平面媒体所办的商业网站、官方网站中能够获得盈利且在近几年间都能取得较大增长的一个网站。凯迪网是我们通过合作收购的方式获得的，我们是大股东。下面专门讲一下大粤网。大粤网是南方集团和腾讯合作创办的，但业务单元归入南都全媒体集群。它在2011年8月上线，当年就已经在广东区域网站的各项指标中均排名第一，2012年实现营收4000多万元且实现盈利，利润率高达39%。这是传统媒体想都不敢想的利润率。这是我们跨媒体合作方式的代表。腾讯通过QQ弹出框极大地宣传了大粤网，同时也为大粤网带来了巨大的使用人群和流量。跨媒体还包括刚才提到的移动终端。iPad上的南都Daily是最早的国内中文媒体应用之一。南都网也开发了邮件版。手机终端方面，我们跟移动合作了《生活百事通》。手机报属于早期的第一代彩信短信式，早几年它的订户还是相当大的。

我想跟大家重点介绍一下我们的官方微博群。南都可以说是国内最早成建制、专门打造和运营官方微博群的平面媒体，我们很早就意识到微博会成为一个非常重要的传播平台，南都内部很早就建立了南都官方微博群的发展大纲，并制定了相关的条例。依我所知，后来南方报业传媒集团把南都的条例改头换面，变成了集团的管理条例。当宣传部门等主管部门要求对微博加以管理时，又把这个管理条例作为参考去制定相关条例。我们的主号微博群在新浪网上已经有接近500万的微博粉丝量，在腾讯网上也有400万的粉丝量。以群的概念去做，核心的一级官微微博群就有6个，由各个部门各个业务板块自己做的二级官微有几十个，这些微博最终归口管理。由此看到，借助微博平台，我们实际上使《南方都市报》、南都全媒体集群的受众得到了极大的扩展，不仅是数量上的扩展，也在地理位置上得到了极大的延伸和扩展。

2010年，我们与香港的一家公司成立了南都嘉华公司，生产“南都pad”，由此直接介入了平板电脑的硬件生产。对于刚才提及的广电方面的介入，2009年开始，我们与广东电台新闻台联合制作了《南都视点•直播广东》这一档节目，这一节目至今仍在做，时长已经由原来的早上半小时扩展到了傍晚黄金时间的一个多小时，此节目一直是广东电台新闻台收听率最高的电台节目。我们还制作了《花港观娱》的娱乐视频节目。我们还延伸出了《南都星光大道》等相关节目。我们在2011年成立了音视频制作部，南都是较早主动专门成立相关部门的平面媒体。

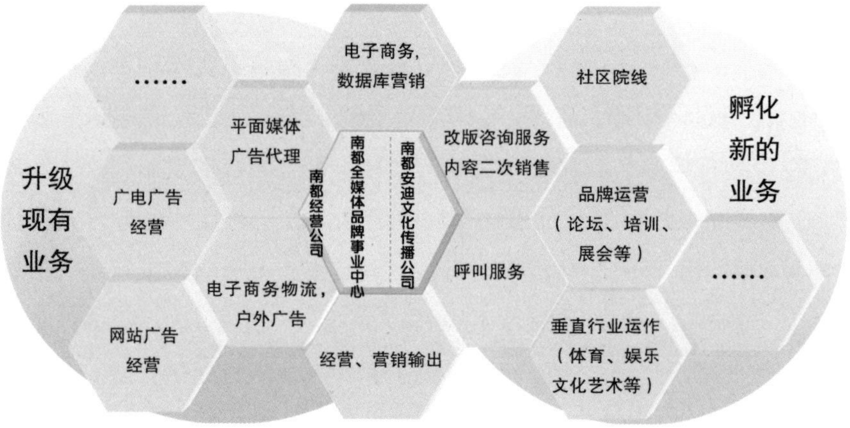

这些都是我们跨媒体集成战略的布局，你们可以看到有很多。我们与电视台、视频网站等一直有相关合作，以便实现全介质传播，实现我们当时提出的口号——“南都无处不在”。

三大战略中的第三个支撑战略是跨行业扩展升级战略。这个图与刚才的图合并起来就比较好理解“南都全媒体集群”的含义。

可以看到，《南方都市报》广告经营公司是我们原来经营的主体业务单元，该公司只做传统的平面媒体业务。所谓传统的平面媒体业务，首先发行（也就是卖报纸），然后再通过报纸的发行量做广告的经营，这就是报纸原来的核心业务。现在的战略中依然有此项业务，但南都经营公司对现有的业务进行升级，一方面带领其他媒体的广告业务，甚至延伸到广电的广告经营、网站的广告经营。另一方面，原来的发行团队还向电子商务、物流等方面加以延伸，这就是升级现有业务的方式。

2010年开始，我们专门成立了品牌中心和南都传播研究院，然后建立南都安迪文化传播公司。这样的体系机构实际是在孵化新的业务，我们不是另起炉灶做不相关的生意，而是发现传统报纸媒体产业链的上下游业务，并孵化出新的业务形态。简单来讲，改版咨询的服务，也就是我们版面内容的二次销售，这一业务我们在国内做了好几单，包括我们提供给上海《新闻晚报》改版的有偿服务，现在正在做的《郑州晚报》的改版咨询也是我们的付费营销方式。又比如说我们的社区院线，是通过公益项目把它变成新的广告营销渠道。另外，垂直行业运作，比如说体育产业、娱乐文化艺术产业等，大家比较了解的就是由《南方都市报》发起、南都安迪文化传播公司主办的华语电影传媒大奖、华语音乐传媒大奖、华语文学传媒大奖、中国建筑传媒奖，以及最新增加的华语短片传媒大奖，这些奖项的运行都是新的活动营销方式，我们举办了十几年。2013年的华语电影传媒大奖将会在福建泉州举行，音乐大奖将会在惠州举行，现在的商业赞助已经分别达到300多万和500多万的规模。关于体育产业，我们已经拿下了广州网球公开赛的运营权，广网是李娜拿到的WTA的第一个冠军，我们将会在这方面增加更多的业务。

所谓全媒体战略，必然包含运营模式、运营方向、运营业务的拓展和升级。2012年开始，从报纸到网站再到经营，我们把汽车行业组成我们南都的一个事业中心，2013年则把时尚、旅游等也整合为一个事业中心。汽车中心所办的“南方汽车展”摆脱了原来的单纯广告投放的形式，而是通过操办展会之类拓展品牌。南都网经营《南方都市报》或者说是南都全媒体的数字版权，现今的营收已经达到了400多万元。品牌事业中心本身也是商业价值的孵化，我们创设了很多公益品牌，由这些公益品牌带来的增值营收已经有1000多万，这是直接带来的收入。比如说刚刚提及的“南都社区院线”，还有“南都校园工作站”等。暨大也有“南都校园工作站”，本来我们想叫“南都大学生联盟”或者“南都高校联盟”，但这些名字比较敏感，所以后来就没有这么起名，最后叫“南都校园工作站”。改版之初我们在贵州也做过相关的品牌。

构建南都全媒体的十大配套动作

以上对三大战略进行了简单梳理。《南方都市报》要真正实现转型，我们梳理了十大配套动作，主要分为硬件和软件两方面。

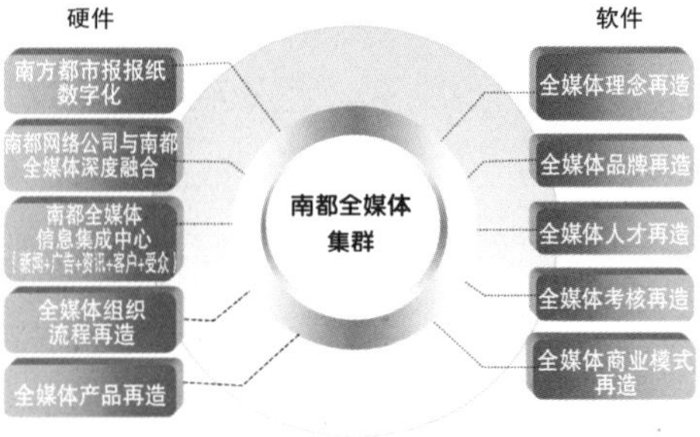

硬件方面，比如说有《南方都市报》内容数字化、数字平台南都网络公司与全媒体的深度融合，当然还有比较关键的南都全媒体信息集成中心建构，也包括全媒体组织流程再造和产品再造。软件方面就是全媒体理念再造、品牌再造、人才再造、考核再造、商业模式再造。

在硬件部分，我认为全媒体信息集成中心是最为关键的，至于原因我待会儿会做专门介绍。在软件部分，我认为一头一尾是最重要的。一个是全媒体理念再造，经过这几年发现，要让一个习惯了十几年平面媒体的报纸团队接受转型，尤其是让核心管理层去接受理念的变化，这是相当困难的事情。它会有思维的惯性和既得利益的限制，因而并不是那么容易。软件中还有一个很重要，即全媒体商业模式的再造，我认为这是检验全媒体转型是否成功的最为关键的因素。接下来粗略地讲述一下。

（一）理念再造

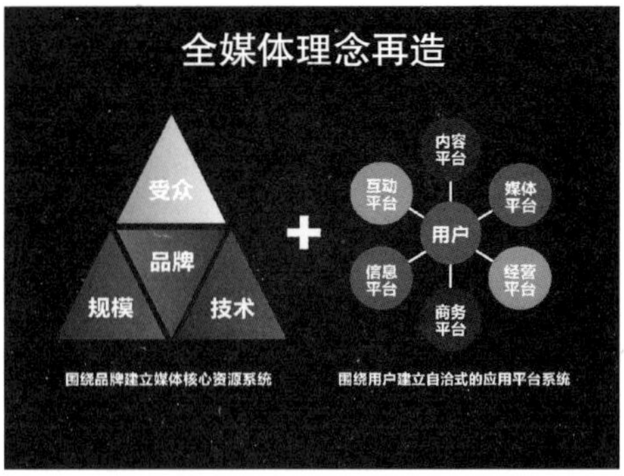

在理念再造中（这里指围绕整个团队），左边部分是原来《南方都市报》的模式，它照顾到了品牌、受众、规模、技术等，主要围绕以品牌作为自己的重心。现在要把原有的观念与全新的以用户作为核心的理念结合起来，改变原来全媒体的单向度特征（即我来向受众传播的观念），在这一方面需要以用户（包括受众、广告客户等）为重心。

这是比较大的动作，当然也包括其他理念再造。其他理念跟组织工作流程是密切相关的，即原来的报纸是“静态的、有明显截稿时间的报道模式”，现在要转变为“全天候动态报道模式”；“新闻、广告、服务的单一使用”模式要转变为“快速共享和100%被多层次利用”模式。

（二）品牌再造

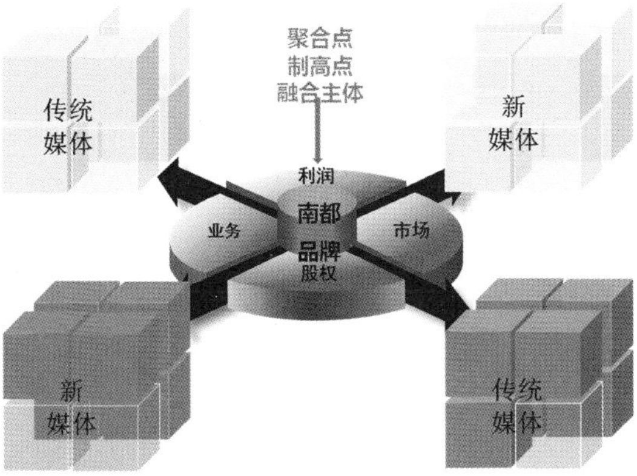

另一方面是品牌再造，南都品牌核心原来是《南方都市报》。通过这四大方面的延伸可以生发出更多的品牌，品牌有一个聚合的过程。

我们的品牌既有新媒体也有传统媒体，但不是要成立一个与原来采编部门截然分开的新媒体部，而是围绕南都品牌达到融会贯通。品牌推广的三个阶段是这样一个过程：从2009年至今，我们基本达到了品牌的知名度传播；现在说起南都，对于相对比较了解南都的受众来说，已经基本上达到“南都不仅仅是《南方都市报》的简称，还是南都全媒体集群”的品牌认知度；第三阶段不仅是品牌美誉度，最重要的是把品牌的认知度在商业价值上得以实现。

这个是我们在2012年推出的全媒体集群logo，它是一个魔方。为什么选择魔方的形状？是因为它既是由单独的模块聚合而成，同时也可以不断旋转变化、重组，重组之后会形成不同的图案和不同的效益。而它也有核心，各个子品牌围绕南都品牌，既自成体系，生机勃勃，又不断通过不同层面的自由组合成为一体，欣欣向荣。为什么会有两块是分离飞出的呢？我们是为了强调这不是一个完成时而是一个现在进行时，有更多的单元、业务正在重组聚集中，从而留有一个变化空间，所以logo不是一个已经固化下来的形态。三种颜色是《南方都市报》报头的基本色，当然也是三原色。

从图中大家可以知道，现在南都到底有多少东西，但我自己没有完全尽数，整个南都下的品牌、业务板块很多，像一棵树，也可以说一个翅膀。这也是为什么要强调我们的品牌基因来自《南方都市报》，南都全媒体集群的核心价值观也是《南方都市报》的核心价值观。南都全媒体集群以价值观传播作为核心，在诸多变化中不变的东西正是这个，这就是“南都价值观”。南都作为一个媒体，是时代进程的记录者、现代社会的培育者和公民意识的启蒙者，这些都是我们的品牌个性。

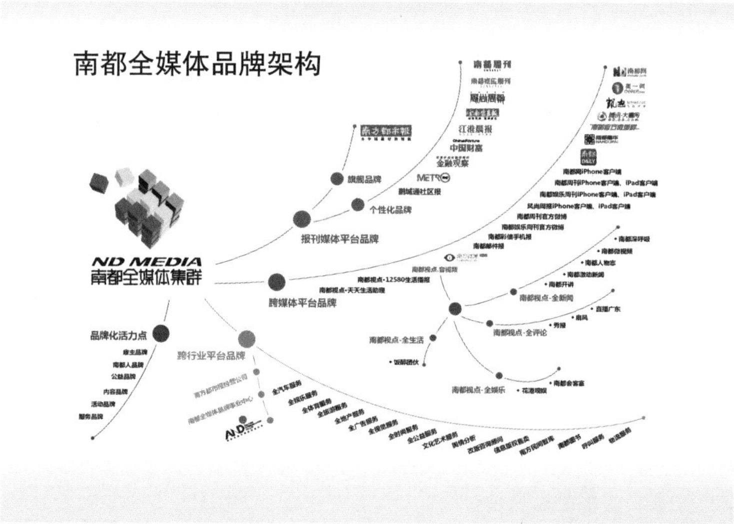

（三）全媒体信息集成中心

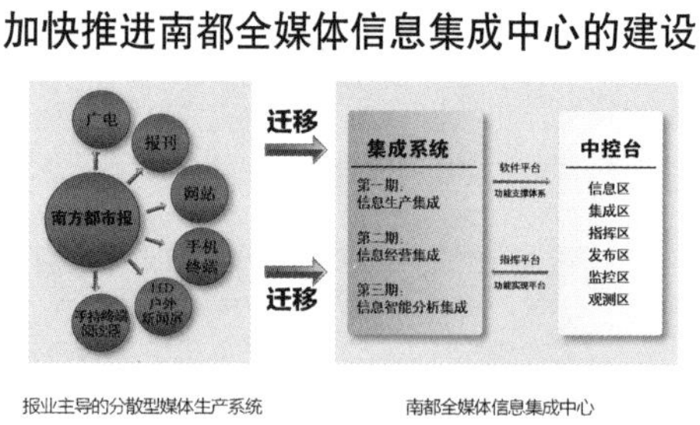

这是十大配套硬件动作中很关键的系统，可以看到原来报业的生产只是以报业为主导，向各个方面加以提供内容，它不是一种集成，只是一种分发。接下来我们要做的是集成，集成包括两个部分，一个是集成系统，

是集成中心的软件部分，包括信息生成集成、最后的发布等。我们准备在2013年建立大型的中央控制台，中控台是物理的硬件中心，这两者共同构成南都全媒体集群的信息集成中心。

集成中心是内部所包含的，这里几个库是互相交融的，而不是单向的、固化的。在这里可以了解集成中心所担负的职责。为什么没有叫“南都全媒体中央编辑平台”，或者如方正提出的“数字出版平台”，而叫“集成中心”？我们的考虑是，要避免原有围绕报纸生产的包括出版、编辑等名词进入新的业务单元，因为它只是业务单元的一部分，而不是主体。为什么叫信息？包括广告信息、与客户的关系及活动等，都能在这个中心中得到集成。我们想来想去，最终觉得“集成中心”最能够反映全媒体的信息处理系统，以往的编辑、出版等概念都太过于偏向传统的业务。

我们的中控台，是没有任何媒体做过的。这个是我们拿国外的中央编辑室所做的一个模板，它并不是我们未来真正的成型后的中央控制台。我们准备在传媒大厦用一层楼做成中央控制台，其中包括开放式的空间、数字墙、多媒体演播室等，这些是我们的设想。中控台有怎样的功能，实际上是信息生产全天候的实施统筹、指挥及监控的过程。

以下的图是我们初步设想的中控台的六大功能区，这是南都全媒体集群近期最大的工程。我们分的六大区域是融合的、相互为上游的关系，它们不是单向度的联系。监控区随时得到的信息都会经历被集成、加工、再发布的过程。

南都全媒体信息集成中心·中央控制台的六大功能区

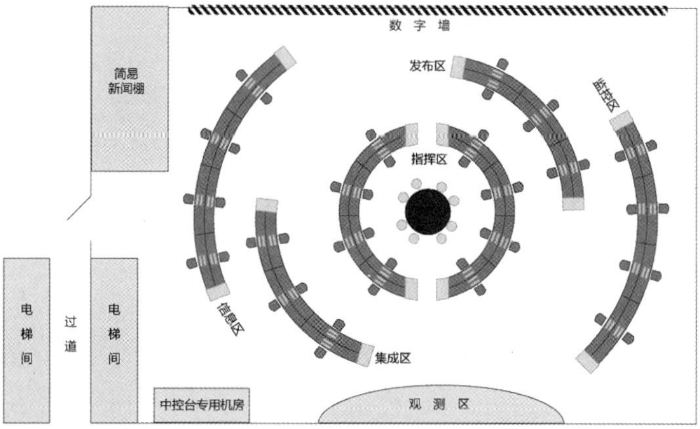

举个简单的例子说明中控台的作用，以是否有中控台的组织流程为例来讲，上次参加论坛时我也提到了这个例子。2012年，湖南的一个被拆迁户曹再发来到广州，因为他在湖

南受到不公正的对待，于是开车南下并公开扬言要在海珠区中大附近的学校、幼儿园等制造血案，以报复社会，海珠区警方向各个学校发布紧急通知。南都接收到这个信息后，在微博上做了此事的报道。《南方都市报》的信息采集能力此时就显示出来，南都的记者找到了此人并与之见面，在某酒吧与其交流了一个多小时，最后劝服并陪伴他到公安局派出所自首。下午四五点左右，此条信息是南都的独家信息，当时我们的微博小组很希望把此事尽早披露，赶紧报道说南都已经劝服了曹再发，并已经在某年某月某时某分到达派出所投案了，从而让大家放心。但是该记者所属的部门是广州新闻部，广州新闻部是为报纸服务的。广州新闻部不同意披露，他们认为要把这个消息留住，留到第二天的报纸刊发独家新闻。结果在当天晚上7点多，广州市海珠区的公安局就已经在它的“广州公安”微博上发布了曹再发自首的信息，且在发布中完全没有提到南都，只是说此人已投案自首了。南都第二天是会有比较详细的介绍，但这条新闻还是不是独家新闻就很难说了。同时我们还会受到公众的质疑：你们《南方都市报》为了保住所谓的独家新闻隐瞒了如此重要的信息。实际上我们四五点钟已经陪他去投案自首了，7点多公安才发布消息，由此让公众多担心了一两个小时，这就是公众的问责所在。这个事例很好地反映出传统媒体的形态与全媒体形态的传播环境的巨大冲突和差异。试想，假如南都的全媒体已经完全转型且中控台已经建立，我们会怎么做这条新闻呢？当我们找到曹再发的时候还不能确定安全，但当我们陪他投案自首确定公众危险已经解除的时候，我们肯定会利用微博第一时间发布。南都的官方微博群发布这个消息依然会是南都的独家新闻，这一点不会有问题。同时，通过我们的全媒体音视频演播室，中控台这边可以马上连线，在线访谈劝说他的记者，同时我们会在劝说的过程中派出摄影摄像记者做全程记录，此过程获得的信息可以在第二天详细发布，当然也可以当晚发布。这对于整个南都全媒体来说，所获得的社会影响力，与第二天发十个整版的独家新闻是无法相提并论的。这个实际操作的例子可以体现全媒体的组织流程再造，也就是我们要在第四方面介绍的。

（四）组织流程再造

下图左边是传统报纸单向的线性流程模式，从社会公众、采编一直往下，信息内容从采集、加工、发布都是单向的。但在全媒体的过程中是“同轴电缆式”的

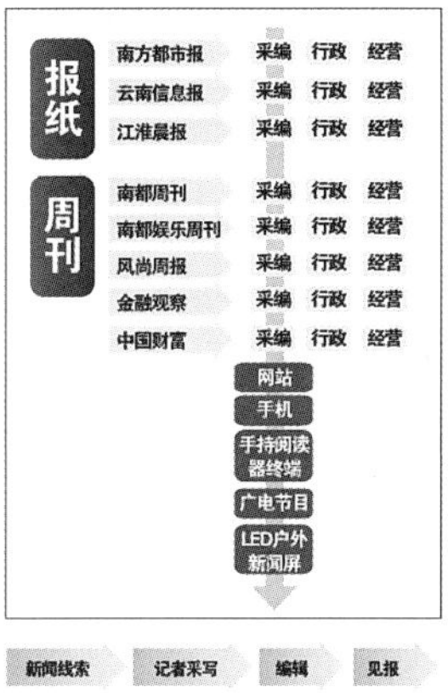

非网状化的垂直型组织、线性流程模式

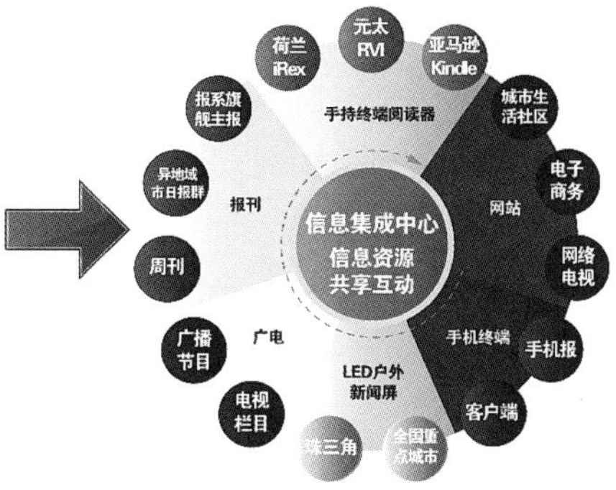

“同轴电缆式”的共享互动组织流程模式

共享互动组织流程模式，这里的集成中心包括中控台。需要注意的是，并不是说所有的信息都是信息集成中心向外围的媒体形态发布，而是除了发布，别的媒体形态的信息也会汇集到信息集成中心，再传播到其他的媒体中，这是一个交融互通的过程。可以看到，无论有多少信息或者媒体形态，都可以由集成中心去完成。

这是我们内部架构的变化，由于时间关系就不加以介绍了，我们希望通过组织架构的变化去促使观念和组织流程上的转变。行为也是围绕变化而来的，经营组织架构也进行了重大的调整。

下面是品牌组织的架构，2002年，当时我们是“三驾马车”，即采编、经营、行政。就当时而言，一份报纸的这种组织架构是比较先进的。现在我们增加了“品牌中心”，由“三驾马车”变更为现代的“四轮驱动”。

提高品牌地位，建立现代传媒企业组织架构

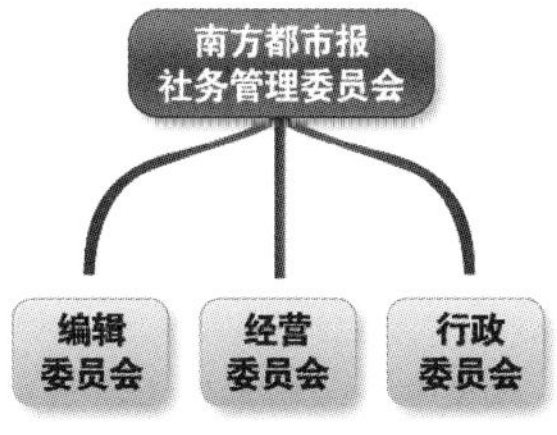

三驾马车

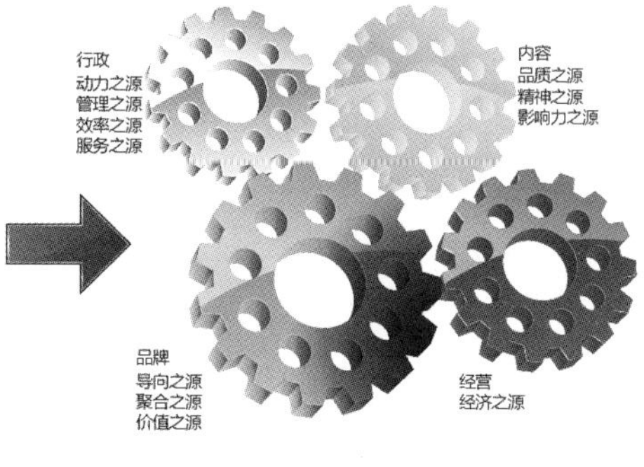

四轮驱动

至于采编组织架构，全媒体信息集成中心完成之后，我们希望它会倒逼着现有的采编团队加以完全改变。

（五）考核再造

接下来是全媒体的考核再造。原来的打分系统是记者写了一篇稿子上版面后，由主任和编委打分，这篇稿子是多少分就值多少钱，这是直接与他的收入挂钩的。编辑考核也同样如此。但现在按照全媒体的方式，运营指标、市场指标、影响力指标等这些信息将作为考核的重要指标。原来会以记者在报纸上发表多少稿子作为全部的考核，但现在我们会将其变成一个综合考评的方式，不仅可以定性还可以定量。比如记者在官方微博上发表微博，其带来的转发量、评论量等都可以成为真正的客观的考核数据。

（六）报纸数字化

这是十大动作中报纸内容数字化，这是全介质传播能力最基本的动作。

（七）南都网络公司与南都全媒体的深度融合

南都网成为南都全媒体集群数字业务的主平台。我们一直讲南都网络公司和南都全媒体是一个硬币的两面，因为实际上未来的核心会在数字业务上，或者叫移动互联业务上。我们认为，南都网络公司是南都全媒体未来的核心平台。

（八）人才再造

十大动作还包括全媒体的人才再造。以前我们的人才大部分是中文系、新闻系的学生，现在有传播学的学生，还有不少是广电人才、计算机人才，这就是全媒体本身的人才再造。我们本身依据的自身团队必须转型，另外新的元素也要转型。我们要培养全媒体记者，不是要求每一个记者都是全能的，而是在团队中有几个全能记者作为带头力量，同时组成具备立体报道能力的记者团队。从编辑制上看，要从责任编辑制向制作人制、产品经理制转变，需要综合的、对所有的形态更为了解的人才。当中控台真正建立起来后，我们要接收很多的“集成专员”，这不是以前的报纸版面责任编辑，而是集成专员，这是我们未来需要的岗位人员。营销人员也必须具备复合营销能力，而不是仅仅懂得拉广告，我们需要活动运营、活动推销，能够提供给客户全案服务的营销人员。我们在这方面做了很多的培训，无论是采编还是经营。

（九）产品再造

第九个是全媒体产品的再造。这是我们的产品线，业务总数加起来有百多项，这些都是我们的产品。

（十）商业模式再造

最后跟大家交流的是我认为最重要的全媒体商业模式的再造。全媒体转型绝对不是说，我们能够制作出不同形态的内容，涉足不同媒体的形态，比如说人家有电视、广播，南都也有电视、广播，还有报纸等刊物，这就叫作全媒体。或者是要办一个网站、手机终端，iPad出来了就在苹果商店上注册一个App。如果仅仅是这样，我觉得只是完成了全媒体的前两种能力，即全媒体内容生产能力和全介质传播能力，但实际上没有完成全方位的运营能力。从上往下看，我们可以了解南都全媒体集群商业价值实现是怎样的。我觉得可以分为三个阶段：

第一个阶段是加法阶段。加法就是多一个业务单元就多一份收入，哪怕这一项目是亏损的，但它也是一种加法，因为减法也是一种加法。比如说南方都市报办了一份《南都周刊》，《南都周刊》每年收入4000万元，那么整个南都就多了4000万元，如此而已。

第二个阶段是乘法阶段。实际上有一个互补的过程。在现阶段，南都全媒体集群的价值更多的是体现在《南方都市报》的主要经营上。为什么这么说，我需要具体解释一下。业界内外很多的朋友都会问："南都你搞那么多杂七杂八的东西，又搞网络又搞其他的，它们都赚不赚钱的呀？"尤其在早几年，我们的一些子项目都不怎么赚钱，有不少还处于亏损的状况。别人就会质疑你追求这个东西是单纯追求"全"，实际上并没有收益。但实际情况并非如此，《南方都市报》原来是以发行量作为影响其广告收入的重要指标，但从2009年开始，整个平面媒体的阅读人群数在下降，这一点是肯定的。《南方都市报》的阅读人群虽然没有下降，但其发行的增长在放缓，甚至停滞，情况就是这样。而恰恰在这几年，《南方都市报》的广告收益取得巨大的增长，几年间跃升为全国平面媒体的第一位。那么这种效益来自于什么呢？恰恰是来自于我们的全媒体策略，这些子单元的边际效应最终在《南方都市报》这个主体上得到了放大和实现，这是很关键的一点。单从发行量上讲，《南方都市报》与同城的主要竞争对手相差并不大，但我们的广告营收从2009年就已经超过它们成为全国第一，这一点我认为是全媒体战略给主报经营带来的跃升效应。

当然最理想的状况是第三个阶段乘方阶段。当我们真正能成为现代型的数字集成商、全媒体的信息运营商，包括行业升级、活动营销等，从内容生产到活动策划，当我们能够给客户带来一个覆盖整个产业链的价值和媒体服务的时候，我们将会获得最高的收益。在这一点上，我们认为是一个复合运营的集群价值，而且这种价值不限于广告，是多元化的收入模式。我觉得现在某些单元在某些活动中其实已经体现了这种效应。

所以我认为，对于一个媒体整体而言，复合传播带来的将是复合运营。所谓的全媒体的流程再造，全媒体集群都已经不是旧式的某一单一产品生产的事情，而一定是整体综合运营能力的统一建构。未来媒体的生存与竞争，最终也会落实到媒体的综合运营能力上，落实到社会价值和商业价值的综合实现上。综合运营能力是一个考验南都能否真正向全媒体转型成功的核心指标，甚至是唯一指标。南都全媒体之“全”固然是产品之全、介质之全、终端之全，但归根结底还是综合运营能力之全。这就是我们运营模式的变化，以前是依靠《南方都市报》的单一广告收入，再怎么扩展都是在做加法。我们希望最终它会汇集成一个具有综合复合运营能力的、全面的媒体集群。

2013年，南都全媒体集群项目已经获得广东省文化产业1400万的项目基金支持，这在国内媒体中是走在前列的。国家新闻出版改革发展项目库也把南都全媒体集群作为2013年入库项目备案。

最后想说的是，不管是当下还是未来，没有其他人比我们自己更想改变自己。

（演讲主持：徐嘉霖、林慧中；点评：谭天；录音整理：汤敏）

用户驱动与传媒变革

嘉宾：浙江日报报业集团社长、浙报传媒董事长　高海浩
场次：第6期第1场
时间：2013年7月15日上午

在开始今天的分享和探讨之前，我先做两点说明：第一，这里谈的传统媒体转型问题，是基于长三角地区文化和传媒发展现实，尤其是基于浙江传媒发展，包括互联网发展的需求、变革趋势，各种要素市场的变动情况。其中许多看法、结论，也许对于我们是管用的，对于别的地方则不一定适用，包括浙报集团的一些探索实践，也是基于浙报集团本身的实际；第二，这次讲的不太涉及内容，也就是传统媒体的采编，主要侧重从互联网时代传统媒体发展方式这一角度，来看传媒变革面临的机遇和挑战。

今天，我们回过头来看，早在20世纪90年代末期，报业已经开始介入互联网，兴办新闻网站。当时南方网、东方网、浙江在线等网站，都是早期第一批的。那时还没有腾讯、阿里巴巴，新浪、搜狐才刚刚起来，十几年后互联网领域成了谁的江山？我感到，传统媒体发展网站是“起了个大早，赶了个晚集”。对此，传统媒体需要深刻反思。那么，我们今天还有没有机会？如果有机会，机会在哪里？我今天与大家交流的主题是：用户驱动与传媒变革。

关于传媒业的基本走势

对于中国传统媒体来说，2012年可能是一个历史的拐点。这给我们带来重大的挑战，同时也给我们带来重大的机遇，这个机遇就是变革。现在传统媒体的市场份额，开始全行业衰退，系统性的风险正在形成，这是一个全行业的问题，这个全行业不仅覆盖纸质媒体，而且覆盖广播、电视。这其中有两个行业目前情况尚好，一个是广播，一个是电影。这两个行业看起来还是传统行业，但由于前些年经历了痛苦的转型，不管是主观上，还是客观上，已经选择了分众、细分的用户市场，还有一定的生命周期，它们是例外。我们原来以为，电视台日子很好过，至少还有10年黄金期。前不久，我在上海参加一个小范围的专题研讨，十几个国内广播电视台负责人在交流。谁知与会代表说，电视台面临的挑战也已经非常严峻。

还有一个就是已经出现的大批优秀采编骨干人员流向互联网企业，或是自主创业。这个问题一旦出现，形成规模，将对传统媒体构成更大的威胁。

另外可以看到的是，第一代互联网格局已定，TAB（腾讯、阿里巴巴和百度）主导的互联网格局已经形成，移动互联网的第一波浪潮，抢占用户的浪潮也已基本完成。传统媒体行业是继续隔岸观火，还是拥抱互联网？我们必须做出抉择。“隔岸观火”这个词不是我说的。2013年4月底，我们完成边锋的收购以后，我请马云来我们浙报做了一次内部交流，当时马云说的第一句话就是：高社长，你们终于跨过来了，不再是隔岸观火。

现在媒体出现什么情况？传统媒体已经出现大分化，强弱、大小、区域、行业都会出现新的分化。为什么会分化？我认为，核心问题是传统媒体赖以生存的单一广告模式已经终结，其赖以支撑的内生动力、发展动力已经终结。未来媒体的生存模式需要重新定位，是继续坚守，是跨业发展，还是积极全面地拥抱互联网，这个问题值得媒体同行深入思考。

我们还可以看到的趋势是，不久的未来，将有一大批成功的互联网企业用资本的手段渗透到市场化的传统媒体，跨地区、跨行业的并购重组可能大量涌现。这是我想说的对媒体走势的一个基本判断。

《纽约时报》为什么陷入窘境？

其中一个很核心的问题是，传统广告盈利模式已经终结。百年老店《纽约时报》不仅是美国的著名媒体，也是全球有影响力的媒体。2010年9月8日，苏兹伯格坚定地对外宣称，“我们最终将在未来的某个时间停止《纽约时报》的印刷”，并开始甩掉和出售大量周边资产，坚定不移地围绕这个品牌进行互联网化转型。2012年底，《纽约时报》订阅收入超越广告，这是个好消息。美国皮尤研究中心最新的研究有一个结论：互联网媒体每增加1元收入，传统媒体将失去16元。这是基于美国媒体发展情况的分析。从现在的实践来看，我们认为它的判断是基本准确的。过去我们寄希望于共同把这个蛋糕做大，别人吃一大口，我们吃一口。现在的情况却是，别人吃一小口，就是吃掉我们的整块蛋糕。

中国的情况也是如此：互联网广告快速崛起。百度2012年净利润100多亿，超过全国纸媒的总利润，现在互联网的广告已经全面超过报纸、杂志等平面媒体。据预测，最晚到2016年，互联网广告收入将超过广电，成为第一大广告载体。近日，国务院决定4G牌照年底前颁发，依现在的趋势看，估计这个时间还会提前。一旦我们赖以生存的广告支撑的盈利模式受到挑战，那么经营的动力在哪里？

长期以来，中国的报纸盈利模式存在严重问题，报纸价格偏低、营销亏损、发行亏损。一般国外的纸质媒体，发行收入与广告收入的比例为五五或者四六，比较合理。其背后的问题是什么？就是同质化。不仅内容同质化，甚至发展模式、盈利模式同质化。还有一个特点是分散化，产业集中度低，行业竞争导致的商务成本、竞争成本上升。

那么，像国外传统媒体现在的通行做法，实行付费模式在中国可不可行？我不太看好。《纽约时报》《华盛顿邮报》《华尔街日报》都开始运行付费模式。“付费墙”在西方一些主流大报和专业媒体可能会成功，但国内有能力效仿的媒体凤毛麟角。大量区域性媒体集团，必须寻找属于自己的发展道路。互联网开创的免费阅读模式、分享体验模式以及它的用户中心等等，从功能上宣告了传统媒体发展模式的终结。

情况表明，大众传媒衰退，分众传媒崛起，这是未来媒体发展的大趋势。

用户中心带来的传媒巨大变革

通过几年来我们对互联网发展模式的观察和分析，我认为互联网最根本的在于用户。怎么去寻找用户，怎么去接触用户，怎么为用户服务，是互联网带给我们的最值得思考的问题。

过去我们认为，互联网是一个虚拟世界。这十几年来的实践告诉我们，互联网已经不再仅仅是虚拟世界，它对现实社会的影响之深之大，远远超过我们的想象。互联网已经成为同水和电一样不可缺少的基础设施。大家现在都成了“微博控”“手机控”，眼睛闭上的时候拿着手机，眼睛睁开的第一件事情还是拿着手机。这种对人行为方式的影响，仅仅只是一方面，它更重要的是对人与社会的关系、人与外部环境的关系、人与自然的影响，都会产生一系列的变化，社会生态（包括传播生态、传媒生态）也都在随之发生深刻变化。

传统媒体的读者只是被动接受内容，而互联网的用户已经不仅仅是新闻内容的接收者，它同样是生产者、创造者。所以，为什么说微博媒体化功能特别强，就是这个道理。美国学者丹·吉摩尔的观点，我非常赞同，他说，“此前被称为受众的人民现在开始成为参众，那是一种不同的关系，核心在于我的参与，由我的诉求，进入了我的圈子交流，获得我的愉悦性体验，这是新型社会新旧媒体的根本区别”。传统媒体遇到互联网挑战，不仅仅是传播技术，也不仅仅是广告份额的减少，更重要的是内容组织方式，甚至生产方式都要发生深刻的变化。在互联网时代，这个用户的概念已经不是过去的意义了，他们不再是简单地接受精英传播内容的读者和观众了。过去，内容生产是信息定向采集、专业机构生产，现在在互联网条件下，是用户产生内容。采编对用户的理解，对内容生产的理解，都需要进行重构。主编要运用技术管理和再造采编流程，完善用户体验。

总之，我们必须重新认识我们的服务对象——用户，“用户中心”不是一个技术概念，它本质上和原来我们经营的纸媒一样，读者也是用户，但“他”不是互联网时代的用户。在互联网催生的“一切产业皆媒体”的大变革下，传统媒体的转型升级，必须围绕用户中心展开。我体会到，在互联网环境下传统媒体要赢得未来，必须紧紧围绕用户来展开，得用户者得天下。如果偏离了这个，有可能我们事倍功半，也有可能走到弯路上去。我不否定内容的重要性，但是处在转型时期、变革时期，必须坚持用户导向，必须围绕用户展开，它是我们媒体转型进步的关键所在。

浙报集团的思考与实践

不管是主动还是被动，我们传媒行业，甚至是全社会各行各业，都走上了被互联网裹挟的转型之路，就如同每个行业和企业的发展之路不够平坦一样，未来的转型之路注定将更加崎岖。不管你选择“晴隆的24道弯”“黄山的鲫鱼背”，还是“华山的长空栈道”，转型已然是无可回避的选择。未来翻车、爆胎，甚至坠落悬崖，都有可能。

总结目前国内传统媒体转型的探索与实践，概括起来不外乎三种：一是坚持内容主导，固守内容为王，万变不离其宗，以不变应万变。二是多元支撑，主业之外，跨界经营甚至从事房地产开发等别的投资或经营。三是市场导向，坚定不移地推进市场化、企业化，坚定不移地拥抱互联网，融入互联网。浙报集团选择了第三条路径。

回顾这几年的实践，我们有以下五点体会：

第一，必须正确认识和把握科学发展能力与舆论引导能力的关系。传媒集团始终面临如何提升“两个能力”，即舆论引导能力和科学发展能力的问题。怎么来把握这两者之间的关系？我们认为核心在于，我们必须充分认识到，没有科学发展能力，就没有舆论引导能力；舆论能力要提高，很大程度上取决于科学发展能力的提升。传统媒体转型，关键是发展方式的转型，因为传统媒体的发展模式已经走到尽头，必须在发展方式上变革。

第二，传统媒体转型突围，互联网化是必由之路。因为互联网带来的商业模式、话语体系、传播渠道、游戏规则等等，其核心就是技术主导。这种深刻变革，它变革的不是技术，而是全部。那么你必须走这条路，真正融入互联网。

第三，互联网时代，必须确立以用户为中心的理念。传统媒体的传播逻辑，就是媒体本位，内容为王；互联网时代的传播逻辑，就是用户中心，开发分享。这两者是有本质区别的，所以说互联网时代，用户为王，用户就是市场，用户就是阵地，用户就是传媒转型发展的最大资源，这个必须贯穿到整个传媒转型的全过程。

第四，媒体传播的本质是服务。老百姓需要什么，我们就提供什么。老百姓最需要什么？需要的肯定不是我们的说教，他们不会为说教付费，但会为快乐埋单。为此，浙报集团提出努力打造一个以新闻资讯为核心的综合文化服务平台。这是我们在互联网时代必须做出的选择。

第五，转型方法论：内部转型、外部扩张、孵化未来。基于对互联网的深入研究，浙报集团确定了“内部转型、外部扩张、孵化未来”的三步走策略，目前“外部扩张”已经取得初步成效，“孵化未来”也开始起步，“内部转型”才刚刚开始，也是最难的。实践证明，传统媒体向互联网化转型，是个艰巨的挑战。我们认为，存量转移也许是陷阱，增量发展应该是正途。存量转移只是借助于互联网技术传播，做技术性改造，这条路走得很艰难，至今没有成功的先例，国外一些媒体的付费墙做法，还没有完全成功。增量发展就是要在发展互联网上投入重兵，“跑马圈地”，掌握我们自己的用户集聚平台和自主的主导性业务。

浙报集团过去三年，围绕推进向以新媒体为核心的全媒体转型，主要完成了三件大事：第一件，构建资本平台——推进媒体经营性资产整体上市。通过上市，解决投融资问题，同时，倒逼体制机制改革，坚定不移地推动互联网化。第二件，构建技术平台——打造传媒梦工场。浙报传媒上市的第二个月，就发布了全媒体行动计划。近几年花了近1亿元，用于新媒体的研发投入，包括建立新媒体孵化器，深度了解新媒体运行机制。传媒梦工场组织举办了全国新媒体大赛，与大学和媒体同行，共同开展新媒体评价体系建设，同时，我们投资随视传媒、百分点、虎嗅、知微等互联网产业链上的关键节点项目，为集团在互联网领域发展做重要布局。所有这些，就是为浙报集团向新媒体转型集聚必要资源，准备必要条件。第三件，构建自主性互联网用户平台——并购边锋浩方网络，外加上既有的大浙网和浙江在线。这三个平台，加起来总计3亿注册用户、2500万活跃用户、1000万移动用户，这是我们未来转型的主战场。

未来三年，浙报集团将在已经具备的基础条件下，致力于构建以综合文化服务为主体的“传媒文化金字塔”，塔底是游戏娱乐，保持基本用户和流量；

中间层为各类综合文化服务应用；顶层则为核心价值传播。这样，在满足用户文化娱乐需求的基础上，实现传媒集团的传播理想。

为实现这一构想，未来三年我们将重点做好以下三个方面的工作：一是建设一个5000万级的用户数据仓库。以边锋浩方网络平台为基础，整合集团现有600万传统媒体读者资源，争取到2015年，集聚5000万活跃用户，其中浙江省用户不少于1500万甚至2000万。二是构建一个互联网枢纽型媒体应用服务平台。通过建设用户数据库和内容资源库，通过推进浙江在线、腾讯大浙网和边锋的三网融合，建设一个强大的新媒体云服务开放平台。围绕游戏、娱乐、健康、教育、体育、阅读等相关内容进行各种开发应用，平台向省外媒体同行开放，向创业团队开放，也向企业用户和个人用户开放。三是形成三位一体“O2O”模式。线上主要运行新闻、娱乐、生活三大服务板块，线下依托传统媒体，按照分众传播组织大量活动，同时建设文化综合体、文化集聚平台和文化电子商务，并形成有效联动。

为此，我们将努力推动“三个转变”：由报纸读者向多元用户转变，由大众化传播向分众化传播转变，由提供单一新闻资讯向以综合文化服务为主的互联网枢纽型传媒集团转变。我们希望，到2015年基本完成战略转型，其主要标志至少有五个：一是传统纸媒调整业务结构，继续保持稳中有升；二是互联网活跃用户超过5000万，其中移动用户超过2000万；三是来自互联网的传媒和文化服务，净利润超过传统媒体主业；四是基于网络互动平台，构建一个互联网枢纽型媒体应用平台；五是与兄弟媒体集团共同探索，形成基于媒体应用平台的跨地区合作、分享模式。

（演讲主持：李海燕、高崇文；点评：杨先顺；录音整理：王悦）

发展优势业务　开发优质资源
——大众报业集团的战略实践与理论思考

嘉宾：大众日报报业集团董事长、党委书记　傅绍万
场次：第6期第7场
时间：2013年7月18日上午

我当大众报业集团一把手已经8年多，8年多干的事情，值得一说的有3件事：一是集团获得22项中国新闻奖，其中1等奖9项；二是推动山东报业市场由竞争走向竞合，整合了包括青岛在内的4个地市的6份市场类报刊、4份行业报；三是进入山东有线电视，占股15%，成为第一股东，为大众报业进军新媒体建了一座桥梁。这几条，也是大众报业集团战略带来的成果。

一、战略是什么？

说一段历史。东汉末年，群雄并起。刘备三顾茅庐，诸葛亮献上《隆中对》，成为刘备集团的战略：在区域扩张方面，横跨荆州和益州，从无所作为的刘璋手里夺取四川，作为根据地；从危机四伏的刘表集团手里拿到荆州，作为逐鹿中原的跳板。在敌友选择方面，联合东吴，共同抗击曹操。四川是个盆

地，不好往外发展。荆州就成为一步关键棋。有荆州，可进可守。但是，后来守荆州的关羽执行力不强，把荆州丢了，这个棋就不好下了。诸葛亮后来六出祁山，运送粮草和部队都很不方便，基本就是无用功了。

战略，本来是个战争术语。在中国，《孙子兵法》被认为是中国最早的一本战略著作。在西方，公元579年，罗马皇帝毛莱斯用拉丁文写了一本名为《战略》的书，被认为是西方第一本战略著作。战略用于企业，是商品经济发展到一定阶段的产物。它于20世纪50年代首先在美国产生，以H. I. 安索夫《企业战略论》一书出版为标志。后来传到德国、日本，并逐步普及。目前，关于战略的书籍已是汗牛充栋，战略大师数不胜数，战略的表述也多种多样。我想，只要记住美国战略理论家理查德•鲁梅尔特教授在《好战略，坏战略》中提出的观点也就够了。他说，战略的实质是必须拥有明确的行动目标，以及为实现它而采取的步骤。按照我自己的体会，报业集团的战略要解决好这样一些关键的问题——行动目标、核心产品、主要产业、实现路径，特别要找出并发挥好本集团的优势。

二、战略是怎样形成的?

我自己的总结和实践体会是：战略是干出来的。在干中，事业不断拓展；在事业拓展中，不断总结提升；由零碎到系统，由片面到比较全面。战略形成以后，还要随着事业的发展和机遇的出现不断丰富，甚至不断突破战略框架。

毛泽东是个伟大的战略家，他的《实践论》提出了实事求是的思想路线。革命和战争实践使他形成光辉的战略思想。像他的实行武装割据、农村包围城市、最后夺取城市的战略思想，是在实践中一步步形成的。蒋介石的大屠杀，使他最早认识到枪杆子里面出政权。秋收起义失败后，为了找一个安身之地，进入井冈山。井冈山斗争中，看到了红色政权在军阀割据中生存的空间，认识到了根据地和农民问题、土地问题的重要性，形成了他的战略思想。之后，这些战略思想一直贯穿于中国革命实践，贯穿于他的著作中。

山东著名企业家海尔集团董事局主席张瑞敏很有名，他带领海尔成为一个国际化企业。海尔一开始是个集体企业，生产冰箱，张瑞敏一开始就有一个国际化的战略吗？根本不可能。

默多克构建了一个世界传媒帝国，他的战略特色鲜明，就是集中资源培育核心能力，大力发展核心主业，把主业做大、做强、做精的一种发展战略。新闻集团以“内容制作—传播渠道”为核心，构建起他的传媒产业大厦。20世纪50年代，靠报纸起家；六七十年代进入电视领域及杂志；80年代又进入卫星电视、有线电视，尝试数字化电视、电影及图书出版；90年代，全面进入数字化电视；21世纪，进入网络，全面构筑全球卫星电视网络。他的国际化路径是：澳大利亚—英国—美国—亚洲—欧洲大陆—拉丁美洲。主要拓展方式是兼并、吞并。（《传媒竞争力》，喻国明、张小争编著，P92—102）他一开始从他父亲手里接过第一张报纸的时候，就有了这个战略蓝图吗？根本不可能。

我由总编辑接任集团一把手是在2005年3月，当时没有任何思想准备。一张白纸，没有框框，只能从常识出发，从现实出发，这反而成了一种优势。经营的常识，其实就是挣钱和花钱。多挣钱，少花钱，利润就出来了。大众报业当时的经营状况是，年利润3750万元，七八亿元的债务，挣钱的主要是大众日报、齐鲁晚报，大众日报年利润1600万元，齐鲁晚报年利润1.2亿元左右，还有一份《半岛都市报》，不挣钱，但发行量达50多万份，有可能成为新的利润点。别的挣钱的方面就没有了。花钱的是基建、印刷设备，报社好不容易挣点钱，都花在了这两个方面。说到资源，还有点土地、印刷资源。当时我们想，让能挣钱的多挣钱，把花钱的管住，上升到理论，概括成三句话的发展思路，就是：集中力量发展优势业务，以更大的精力开发优质资源，把降低成本作为永恒课题。这三句话，实际上把握了战略的要害，指明了战略的方向。

到2007年中，我们的发展思路又有了拓展提升，提出了“四做一提升”的事业发展总体布局，即做大优势业务，做强区域板块，做好新兴媒体，做活资源文章，提升辅助能力。这个总体思路开始关注区域，这很重要，因为省报的基础在地市甚至强县，不把地市的基础打牢，就会失去发展的根基。同时，兼顾到了新兴媒体，资源开发和印刷、发行等支撑能力。这就有了战略的雏形。

2008年初，我们又提出了“三四五”的产业发展思路，即重点培植大众日报、齐鲁晚报、半岛都市报三大支柱，打造济南、青岛、鲁中、鲁南四个发展高地，发展五个产业集群。这样，把中心业务、区域重点、产业形态具体化了。

2008年中，我们分析集团的总资产、净资产、总收入、利润等各项指标，和全国报业集团对比，提出了“品牌媒体，报业八强”的三年目标。

至此，我们才正式提出了集团战略。集团战略基本成型，有了明确目标，明晰了产业和区域布局，也明确了优势业务。之后，就是战略的不断完善，战略目标的几次调整。现在，我们的目标是报业四强，三大支柱中，齐鲁晚报和半岛都市报都成为拥有6份报纸、多种产业的报系，五大产业集群发展为清晰的七个板块：报刊支柱、新兴媒体、文化园区、楼宇经济、印刷、发行物流和会展。报刊是主要盈利板块，年利润4亿多元。新兴媒体方面，我们有大众网，还花10亿元购买了山东有线电视网络公司近15%的股权，所以这个板块已经成型。文化园区和楼宇经济、会展是成长板块，印刷和发行物流需要挖掘潜力。

战略要紧跟形势发展进行调整。中国报业面临的时代特点是：突破计划经济模式，尊重市场规律，由封闭走向开放；突破地域、突破行业和媒体领域、突破所有制结构、突破资本市场。这种突破有时候力度大些，有时候力度小些，呈现波浪形。因为这一特点，捕捉机遇、调整战略就非常重要。

像现在比较流行的跨区域发展战略，真正可以实行的时间段是1997年前后和2004年前后，改革的氛围浓厚，管制比较松，华商报、大众报业、南方报业先后都有突破。现在路子基本堵住了，因为和外地联合办报要省新闻出版局批准。哪个省愿意外地的报纸进驻？所以，基本不可能得到批准。报业上市，真正上了市的都是借壳上市，浙江报业、广州报业抓住机会就上去了。往后看，就又不大容易了。像我们整合地市报，进入有线电视，就是抓住了稍纵即逝的机会。潍坊报业集团主要领导调整，双方无意中谈起合作的事，又说给潍坊市宣传部长听，宣传部长支持。认真推了一下，就成功了。国家推进有线电视一省一网，使我们有了机会，我们抓住机会，就挤了进去。

机遇的判断非常重要。判断不准确，你可能把机遇当陷阱，也可能把陷阱当机遇。整个20世纪90年代，西方传媒界都陶醉于信息高速公路建设，但维亚康姆公司坚守“创建全世界最优秀的、以内容为主导的传媒公司”的战略目标，坚持通过版权保护、品牌建设、并购、建立多媒体平台来营造核心价值。总裁雷石东说，这种高速公路的基础设施远没有在公路上行驶的车辆也就是内容和软件重要，消费者选择的是内容和软件，而不是技术。这样，在迪斯尼等大批传媒集团陷入困境的时候，维亚康姆却借机脱颖而出。像发展新媒体，有些报业集团走得过快，而且放松了自己安身立命的报纸，就走了弯路。

我们的战略大厦的构成，是由一块块基石垒起来的，这样的战略坚实、可行，就比较成功。2009年，我们在国家新闻出版署发布的综合实力排名中，进入了前8强；2010年，进入了前6强；2011年，进入了前5强；之后努力争前4强。2012年让文汇新民集团超过去了，又排在了第6位。但是，我们的底气足。我们差在资产规模，因为我们底子薄，但是我们后劲足，从2010年到2012年的3年时间，我们的总资产、净资产比2009年各增长了一倍多，而我们的利润是7.02亿元，我们今后几年也有望保持这样的盈利水平。

三、战略必有关键点

阿基米德说："给我一个支点，我就可以撬起整个地球。"管理大师德鲁克的观点：这个支点或者说战略关键点，就是集中经营的中心业务。这个集中经营的中心业务给企业提供了一个杠杆，使它可以撬起整个"地球"。

报业集团的战略关键点是什么？一是报纸。中国的报业集团，目前的核心业务实际上都是报纸，这是打天下的本钱。二是所在的区域或行业，有更多的资源、人脉和政策支持等，这是比别人强的优势。立足自己的核心业务，经营好属于自己的地盘，就有了安身立命的根据地。积累了雄厚的实力，一旦出现机遇，就可以拓展。

大众报业集团把战略关键点概括为三个关键词，提出念好主业、资源、资本"三昧真经"。其中，主业是本，资源是由主业生发而来，资本是由资源转化而来。

（一）主业就是报业

我们的《大众日报》《齐鲁晚报》和《半岛都市报》有独一无二的优势。《大众日报》作为有9600万人口的经济大省的省委机关报，生存发展的基础雄厚；《齐鲁晚报》是山东省唯一的全省性晚报，品牌影响很强；《半岛都市报》在山东经济龙头青岛占据绝对优势。我们集中力量培植三大报纸，培育成手中的三张王牌，向地方和行业拓展的力度就势如破竹，并逐步走出整合行业报和地市报的路子。2005年以来，我们整合了青岛、潍坊、临沂、菏泽四个市的6家市场类报纸，整合了《山东法制报》《现代交通报》《家庭生活报》《财富时报》4家行业报，加起来共10家报纸，基本抓牢了山东报业市场。

中心业务做强了，影响力做大了，要把影响力转化为利润。就是说你种出了几棵大树，不能只当观赏的风景，要从树上摘果子。还要借助影响力，获取优质的、廉价的资源，因为党委政府愿意把资源向你手里集中。大众报业集团在三个方面比较有成效。一是媒体资源。像借山东有线电视网络整合的契机，进入这个领域，购买了10亿元原始股。二是土地资源。我们的三个文化园区，目前占地达到2000多亩，济南园区形成了“总部新区+产业基地”，青岛园区形成了“文化旅游+地产”，蓬莱园区形成了“教育+地产”的产业发展模式。三是政府资源。我们借政府设立创投基金的机会，设立了创投公司，获取专项资金2500万元。

资源只有变成资本，流动起来，才能加快增值，才能使产业活起来。所以，报业经营还要加快资源资本化的步伐。这个方面，大众报业主要在几个方面做了尝试。一是股份制改造，印务公司、半岛传媒经过股改引进资金近5亿元；二是把有线电视股权资本化，在仍然控股的情况下，盈利7.2亿元；等等。有了这样雄厚的资本实力，做起事来就能放开膀子。像收购青岛报业集团的报纸股权，我们一把就拿出2亿元。

围绕主业、资源、资本，形成良性循环，我们的棋局就活起来了。

大众报业集团的战略突破，蕴含有一招关键的棋，就是有线电视。有线电视是个大战略：第一，它的用户还有很大增量空间；第二，它的增值业务前景广阔；第三，它是融合电信、互联网的平台，是进军新兴媒体的最坚固的桥头堡；第四，它在集团的产业格局中有足够的分量。所以，大众报业战略不能忽略这步棋，下一步大众报业战略创新与突破的核心应当是：整合报业资源，统一山东市场；依托有线电视，转变转型发展。有线电视的作用，就是当年刘备集团的荆州，不能看轻了。当然，关于有线电视，目前我们还没有经营决策的发言权，这就要等待机遇出现。其他产业板块，文化园区主要是给战略发展储备粮草，印刷、发行主要起辅助支持作用。

（二）回归核心

哈佛商学院教授波特分析企业发展，得出一个结论。他说，大多数最初成功的企业，来自它独特的战略定位以及明确的取舍。这些企业的活动都配合定位而行，但随着时间流逝和成长压力，企业把自己变得和竞争对手没有两样。他提出帮助企业重回战略竞争之路的方法，就是在许多大公司内部，都有一个独特的核心。要把这个特质找出来。国外一些大企业，过几年就要砍一砍枝杈，使主业更突出。报业集团在发展中，事业做得大些了，顺些了，出点子的就多了，就容易导致根本业务追求方向上的迷失，枝杈横生，多元经营泥沙俱下。这需要保持高度清醒。

四、战略要回应挑战，应对竞争

（一）回应时代挑战

我们的战略有鲜明的大众特色，就是把基石建筑在报业基础上，所以经常遭到质疑：报业还有前途吗？不会很快被网络取代吗？我们对报业的信心，主要是两大理论支撑、一个现实依据。两大理论支撑，一是产业发展阶段理论，二是报网共存理论。一个现实依据，是大众优势。

产业发展阶段理论，就是产业有成长期、成熟期、衰退期。产业形成集中和垄断，才进入成熟期，而中国报业还在分散阶段，成熟期还没有到来，更没有到衰退期。阶段性的一个鲜明特征是梯次性，就是在发达国家、发达地区进入成熟期甚至衰退期了，在其他国家和地区可能还在成长期，在欠发达地区可能还在培育期。在省、市层面市场可能已经发育起来了，在县这个层面可能还没有有效开发。像浙江省的县域经济发达，县报很强势，一个萧山县报年收入1.7亿元，利润1700万元。山东省2012年地方财政收入超过50亿元、40亿元、30亿元的县分别达到8个、19个、30个。县域正在强势崛起，下一步，县域是个新的报业市场。

世界新闻媒体整体发展趋势研究表明，目前全球报纸发行量5.23亿份，年收益2000亿美元，较2011年下降了0.9%，基本持平。其中亚洲和拉丁美洲是少数纸媒发行量上升的地区，亚洲贡献了全球大部分的报纸发行量。第65届世界报业大会提供的数据显示，全球半数的成年人阅读报纸，其中25亿人阅读纸质报纸，超过6亿人在线阅读报纸。报纸位居新闻消费的主体地位，其中亚洲的纸媒独占鳌头。

泰国邮报出版集团财务总监帕克称他们60%的收入来自报纸广告，35%来自报纸销售，5%来自新媒体广告收入。（《人民日报》2013年6月7日）这些数据，是对产业阶段理论的证明。

报网共存理论，是说报网可以共存共荣，网络取代不了报纸。主要从政治、产业、媒体自身三个维度分析。从政治维度分析，网络作为媒体，必须纳入媒体管理，这样报纸的竞争环境将改善。现在是报纸管死，网络无法无天。从产业维度分析，报纸掌握着社会主流人群、主流消费者，有自己的经营优势，网络经营不能取代报纸经营。从媒体自身维度分析，媒体的生命力在于真实性和价值传播的正确性。报纸是由法人实体、专业团队生产，可以保证真实性和价值传播的正确性。而网民是无组织、无责任担当、无专业训练的人群，这就决定了网民新闻的失真、谣言、情绪化甚至破坏性不可避免。同时，信息越爆炸，越海量，越需要选择，报纸具有选择性优势，这就是“信息管家”。人们需要知道事件，人们更需要弄明白事件，所以，报纸的解释功能就显得特别重要，这就是“时事顾问”“意见领袖”。

大众优势，在山东报业市场上，已经由竞争走向竞合。通过整合，实现市场有序，可以出现一个很大的利润空间。山东省委、省政府明确支持大众报业集团以资产为纽带整合行业和地市党报、非时政类报纸，并批准成立齐鲁传媒集团，作为整合地市市场类报纸的平台。从潍坊、临沂整合两年以来的业绩看，潍坊晚报利润是整合前的4.8倍、3.8倍，临沂两张报纸的利润是整合前的3倍、4倍。主导了报业市场，还可以控制信息资源，在山东发展新媒体，我们也就取得了核心竞争力。

（二）应对面对面竞争

战略是分层次的，战略包括总体战略、竞争战略、职能战略。总体战略是最高层次；竞争战略是企业在市场上的行动策略，如迈克尔·波特提出了成本领先、别具一格、集中一点的通用战略；职能战略是职能部门为实现好战略意图制定的战略，如营销战略、成本战略、人才战略。竞争战略是做正确的事，职能战略是把事情做好。

1. 区域竞争。不同区域，采取不同竞争战略。我国有很多经济双核省。广东有广州、深圳，浙江有杭州、宁波，辽宁有沈阳、大连，山东有济南、青岛。经济的核心城市，也是报业发展重镇。占领双核，就有两个战略发展基地；失去一核，就失去报业的半壁江山。在这样的省份，首先要稳固省会，也就是自己的后院。后院不稳，全局动摇。所以，广州报业稳守中心，不外出扩张。浙报不注重主业的稳固，就被杭报超过。争夺战略要地，除了核心城市，一些经济重镇也要作为报家必争之地。需要早谋划，早行动。

报业是按行政区划分配资源和布局的，所以一个省市区域内有多个报业集团，而且定位差异不大。怎样取得竞争优势呢？

第一，分析竞争中所处的位次，不同位次，采取不同的竞争方针。

第二，创造差异性。创造差异性，核心是突出地域性。区域性是报纸的特性。越是区域的，就越有生命力。区域性报纸要巩固自己赖以生存和发展的根基，就要投入最大的人、财、物资源，确保在区域市场的领袖地位。要集中力量打造综合实力最强的一家媒体，多创办一些行业、区域、社区版，形成行业、区域、社区全覆盖的纵横交错的竞争格局。《萧山日报》是一份县报，提出“因为本土，所以亲近”的形象宣传口号和打造中国最好县市区域报的战略目标，发展势头良好。浙江的地市报、县报都活得很好。

2. 整合战略。像山东报业市场上，大众报业集团对青岛报业集团市场报的整合，从2008年就开始启动。根据这样的战略意图，考虑我们高度的发行量优势，半岛都市报单独涨价，放给对方部分低端读者发行量，使它们的成本明显增加，但广告又难以跟进，把对方拖进了消耗战中，使其大伤元气。至2012年青岛的两份市场类报纸亏损达到4000万，选择合作就是唯一出路了。这样的战略必须把握主动权，一旦在市场上的核心地位受到威胁，必须尽快发力，确保优势。有些市场，则几报联手，推进整合。

3. 竞争协同。秦末的楚汉战争中，刘邦对付项羽，从战略上讲，有三路大军、三个战略集团军。他带领的主力军和项羽正面作战；韩信带领的战略部队，在北方攻城略地，抢占了齐、燕、魏、赵，形成了对项羽的战略包围；他还有彭越的游击队，在项羽的后方骚扰，截断项羽的粮道，搞得项羽经常后院失火，狼狈不堪，不得不经常亲自带领队伍，回去救火。这就是战略协同。像中国的解放战争，蒋介石打出了两个拳头，重点进攻山东和陕北，毛泽东确定刘邓大军挺进大别山，向蒋介石的胸膛打出一拳，直接威胁蒋介石政权的首都南京，策应了山东战场、陕北战场，由被动转为主动，由战略防御转为战略进攻。

报业的竞争是同一个道理。一个时期内，我们往地市走得较快，地市报组成联盟抵制我们。2008年，潍坊报业集团提出与我们合作，虽然内部不同意见很多，但我们坚定地促成了。我们寻求的效果，就是打破地市报联盟，为地市发展创造更好的环境。与潍坊合作，还带来了与临沂的合作。临沂代表鲁南这个大区域，合作成功，我们就实现了山东全省的全面布局，丢了临沂，山东市场就残缺了。

五、战略管理与推进

好的战略一定是可以实施的战略。好的战略的实施，也需要强有力的保证措施。包括目标分解，分解成长远目标、阶段目标；发展主体确定，也就是确定指标由哪些部门承担；激励机制，我们设置了刚性奖惩机制，就是收入和分配挂钩，和个人的岗位挂钩，这就激发了动力；最重要的，是主要发展主体或者说主力部队要强，主力部队的领军人物要强，所谓千军易得，一将难求。

报业经营管理人才，尤其是领军人物从哪里来？有人说报社都是些摇笔杆子的人，不会经营管理。错！报业集团的工作看似千头万绪，实际上有一个核心，就是影响力。围绕这个影响力，有的人做营造工作，有的人做营销工作。营销工作，就是把影响力转化为经济效益。像广告、发行量，是影响力转化来的；像资源，是靠影响力获取的；像上市，也是影响力产业属性的资本化。影响力背后，是思想，思想的关键是价值观，价值观的最高境界是信仰。所以，报纸营销，从更深层次讲，就是把报纸蕴含的思想、价值观和信仰最有效地传播出去。报业集团的人，谁最了解报纸，谁最了解企业，谁最了解企业的文化，谁最了解读者对象？是办报的人，也就是做影响力营造的人，甚至是报纸的主要负责人。可以说，首席执行官也是首席营销官。让那些有经营头脑的办报人从事经营，熟悉经营，一旦出手，人才就出来了。我们报社人才济济，都是这样培养出来的。我最近在研究世界报业集团的经营人才成长规律，默多克、布莱克，以及日本5大报业集团的掌门，全部是报人出身。确立正确的经营人才观，关系中国报业当下的命运，也影响中国报业未来的走向。在总体战略、竞争战略、职能战略三个层面的职能战略中，人才战略需要很好研究。

（演讲主持：易念、王萍；点评：刘家林；录音整理：王悦）

报业创新与传媒转型

嘉宾：广州日报报业集团社长 汤应武
场次：第5期第12场
时间：2012年7月7日下午

今天的主题是"报业创新与传媒转型"，我以广州日报报业集团为例，来看看我们报业应该怎么样创新，传媒怎么样来转型。

一、广州日报报业集团的发展概况

广州日报报业集团的主报就是《广州日报》。《广州日报》创刊于1952年12月1日，"广州日报"这四个字是毛泽东主席亲笔题写的，毛主席还为我们题了两幅字。当时我们是委托广州市市长叶剑英元帅找毛主席题的字。毛主席题字的具体日期不清楚，估计是在1952年11月中旬。当时我们的定位就是广州人民的报纸。2012年12月1日是广州日报成立60周年，我们围绕社庆60周年会搞一些活动。1996年1月15日，广州日报变成了一个集团，叫作"广州日报报业集团"，它的意义就在于它是中国第一家报业集团。所以我们广州日报的历程就是从单张《广州日报》发展成为一个报业集团。

那么我们集团的架构怎样，作为一个党报怎么来控股上市公司呢？我们的架构就是：广州日报报业集团党委会及管委会是最高层面；集团下设编委会，这个编委会主要负责采编的业务。而且我们还有广州日报社，广州日报社不是企业，它还算事业单位。成立一个集团编委会，除了对广州日报的采编有指导作用外，对整个系列报刊也有编辑、指导作用；由广州日报报业集团负责经营。我们为此成立了一个国有独资的企业，叫作广州传媒控股有限公司，简称为“广传媒”。广传媒对整个集团的经营业务起到一个统辖作用。所以我们大的架构实际就是采编、经营两分开。负责采编的是集团编委会，负责经营的是广传媒。

我们整个集团的布局是这么一个状况：作为一个集团来说，我们有1份主报（《广州日报》）、15份系列报、5家杂志社、2个网站。我们集团旗下大家比较熟悉的有《信息时报》《羊城地铁报》，还有《老人报》《舞台与银幕》《广州文摘报》《广州英文早报》《岭南少年报》《足球报》《篮球先锋报》《美食导报》《时尚荟》《赢周刊》《番禺日报》《增城日报》，还有上海《第一财经日报》（我们占25%的股份）。我们的杂志有《南风窗》《看世界》《新现代画报》《大东方》和《共鸣》。我们还有大洋网和求职网站。作为一个产业布局来说，广传媒的主要资产进了上市公司粤传媒，也就是我们通过广传媒对粤传媒进行控股。

另外，我们广州日报是第一家报业集团，而且它的发行量在全中国是：《参考消息》第一，《人民日报》第二，《广州日报》第三。当然，从阅读率（就是说有多少人看这份报纸）来看，《广州日报》在全中国一定是第一。从零售量来看，我们也比《人民日报》强，当然《人民日报》也有它的优势。而且，我们印务中心的印刷能力在整个亚洲是排在第一的，就是说单体印刷能力我们是最强的。从广告收入来看，广州日报已经连续8年排在全国第一位。所以说，广州日报报业集团在全中国，保守一点讲，至少也是最有实力的报业集团之一吧。以上就是广州日报报业集团的一些基本情况。

二、广州日报报业集团的创新之道

广州日报能走到今天，有它自己独特的地方。它的创新之道实际上就是它的成功之道。那么它是怎么样引领中国报业改革的浪潮的呢？

第一，它是中国第一家自负盈亏、不吃皇粮的党报。到现在为止，在全国范围内不吃皇粮的党报很少，除了《广州日报》以外，我不知道有没有。我们在1981年主动向广州市委、市政府提出不要财政拨款。到现在为止，全中国的党报基本上都是靠财政拨款、财政补贴的。而且很多党报卖报纸都是靠发文件，都是省委、市委发文件必须订阅某份报纸。广州日报从来不通过广州市委、市政府发文件来强制订阅，都是自愿、自发订阅的。因此，我们是通过市场自谋生路。

第二，它是第一张扩版的地方党报。大家知道，我们过去的报纸都只有4个版，就是一张纸。从1987年1月1日开始，广州日报改为8个版，当然现在都好几十个版了。我们在全国范围内是最早扩版的。

第三，出早报。广州日报于1990年在广州市内成立了发行站，在市外和省外成立了发行的代理点，这样就解决了发行的问题，我们有自己的发行队伍。

第四，广州日报开启厚报时代。比如我们最有影响的一件事就是1997年香港回归，我们一下子就出了97个版，可以说作为特刊而言是开了一个先河。

第五，内容为王，实行精品战略，从快报、厚报向优报转变。在全国范围内，我们还是有一些首创的地方，比如说导读与索引。导读与索引，大家拿到《广州日报》，看到的那个封面就很好看，有很大的照片、很醒目的新闻来吸引大家。这个就是广州日报的首创，后来中国几乎所有的报纸都学习这一做法。报纸太多海量的内容，都需要导读与索引。同时，为了吸引大家的注意力也需要导读与索引。再比如说广州电视塔搞全球征名的时候，当时是说，谁起了电视塔的名字，奖励10万。结果征集了18万个名字。要从18万个名字中取一个，当然这中间有很多曲折，就不跟大家透露了。再比如说我们派记者前往战场进行战地采访。如利比亚发生战乱了，你直接拿新华社的新闻也算是完成任务了，但是我们广州日报会派记者亲自到利比亚战场前线去采访，获取第一手信息。包括日本地震、叙利亚战乱等，我们都是派记者到第一线去。当然，在派记者的时候，我们内心也有点不知所措，肯定也担心记者的人身安全。不过我们的记者都是很勇敢的，都抢着要去。另外，我们还有一个创新，就是"一"纸风行，我们打造"第一纸"。那大家会问，"第一纸"是什么意思呢？现在的报纸内容很多，如果你今天实在是太忙了怎么办，那你就把封面那一张纸抽出来，那张有导读与索引的纸的封面就叫作《今日天下》，翻过来第二页叫作《今日观点》（对社会各种热点问题发表评论），第三页叫作《今日生活》（老百姓日常关心的一些生活上的事情），然后就是《今日互动》（你有什么想和广州日报互动或者网络上有什么互动的话题就放在这一页）。因此，如果你今天读书或者工作太累了，你只要看完这几张纸，其他的就可以不看了。这就是一张纸全方位阅读。这是我们2012年4月份推出来的，也是我们的一个创新。

第六，渠道创新。在渠道创新方面，我们率先创办系列报刊。我们有很多小报、小刊，形成一个系列。另外，我们率先创办电子报、珠三角版面、网站。像我们的大洋网，作为地方报纸创办网站，应该是创办得最早的，我们在1999年就已创办。

第七，品牌制胜。广州日报成功靠什么，靠品牌制胜。前不久，诺贝尔奖金获得者、欧元之父蒙代尔的世界品牌实验室对全中国的500家企业，包括媒体、银行、通信、航空等行业品牌进行评估。世界品牌实验室在全球来说是比较权威的评估机构之一。评比的结果是什么呢？这里我只说媒体的。CCTV的品牌价值1546.72亿元，第二名是凤凰卫视272.35亿元，这个就差了很远。第三名是人民日报175.86亿元，第四名就是广州日报126.27亿元，第五名是参考消息125.72亿元，第六名是江苏广播电视集团120.68亿元，第七名是湖南广播电视集团（主要是湖南卫视）119.58亿元。我们这几年都非常重视品牌价值的建设。品牌价值就是不一样，比如说海尔，它是做冰箱出身的，但是因为海尔这个品牌，它做电视、电脑啊，大家都觉得可信。所以品牌确实非常重要。

第八，人才战略。近十年来，我们在全国高校范围内引进的人才大概有500多人。我是2011年7月底到广州日报上任，2011年底我就亲自带队跑到我的母校北京大学去，把北京高校中愿意来听我们宣讲的人请到北京大学，我自己给他们做了一个介绍，而且当场接受他们的提问。后来我又跑到复旦大学去做推介。另外，我又派了一个副老总去南开大学、武汉大学、中山大学。我们在2011年底做了三场推介活动，也是借这个机会向大家介绍一下我们广州日报。通过这种方式，我们吸收引进了一批人才。另外，在人才培养和竞聘上，我们实行全员竞岗，绝不靠关系。另外，我们在全国新闻界有第一家作为企业的博士后流动站，你们林如鹏副校长就是从我们博士后流动站出去的。当然，我们也要承认，虽然过去这些年我们做了，但是做得不太好，所以现在要把它恢复起来。

我们创新之道的第二个方面就是党报与市场的良性互动。《广州日报》是中共广州市委机关报，那么它怎么样既让党委政府满意，又让老百姓满意呢？有很多党报都只是领导满意，因为报纸上都是领导的讲话、领导的活动、领导的照片，但是老百姓不看。那我们的报纸就是要做到市委书记、市长等市领导都满意，同时又受老百姓欢迎，这个确实不容易。所以我们要追求“最出色的新闻”。

在这一点上，我们一方面是始终坚持马克思主义新闻观，坚持正确的舆论导向，服务党和政府的中心工作。可能很多人会觉得《广州日报》在很多问题上不尖锐，但我们的定位是不把信息做夸大和负面的炒作。因为如果你在政府部门工作，你就知道很多事件尤其是突发事件是不容易处理的。比如说突然有火灾了或者说有上访，这些突发事件由你来处理，你就知道不是那么好处理了。所以，我们还是要站在党和政府的立场，对社会有一种建设性的意见，不去做负面的炒作，但是不等于说不搞监督。该监督的要监督，该批评的要批评。只不过需要评估它的社会效果，如果这个监督有利于促进政府工作，那当然应该监督。如果这件事情报道出去会对社会造成不好的影响，那当然就要考虑。实际上，做正面的宣传也不是不好。我们现在报道什么“托举哥”“身边的好人”“诚信阿婆”“凌志哥”等等，非常感人，也照样可以吸引市民来阅读。所以不要以为弘扬主旋律的新闻，市民就不阅读。比如说，大家纷纷要找“凌志哥”，而“凌志哥”不想让大家找到，因为他觉得这是一件很平常的事儿。其实我们找到他了，但是作为报社，我们要信守承诺。那怎么处理呢？我们就在封面上说“凌志哥”找到了，然后写一篇评论。

另一方面，我们坚持“三贴近”办报，不断改版栏目，从而满足读者需求。我们是党报，不能以一种很呆板的面孔出现。比如说我们有一个栏目叫作

《每日闲情》，很多人喜欢看。很多人看到我，包括领导、白领阶层，都说“你们那个《每日闲情》好看”。有的人买《广州日报》就为了看那个《每日闲情》。也有人说：“你一个党报怎么天天写《每日闲情》呢？”我们觉得老百姓喜欢看，我们就写呗，而且很多年了，包括什么《今日靓汤》这些栏目都有。这就是贴近广州市民的一种做法。而且我们《广州日报》这份报纸和广州这座城市确实有缘分。从1952年到现在已经60年，一份报纸大概就是一部《史记》了。《广州日报》60年可以说就是一部完整的广州《史记》了，一部鲜活的广州历史。所以说，如果你要研究广州当代的历史，那你看《广州日报》，一些主要的线索就出来了。

三、广州日报报业集团的转型

广州日报如何做到与时俱进，适应今天这个形势，引领时代？如何转型转变呢？

第一方面，就是要从“以报为本”向“以媒为本”转型。我们作为报纸，过去习惯叫作“以报为本”。2011年11月2日，广州日报报业集团召开了第一次党的代表大会，我提出要“以媒为本”。当然，作为报业集团，报纸当然是我们的主业，但是在定位上我们就要考虑向全媒体转变，以媒体为本，不仅仅是以报纸为本。只要是媒体的事情，就应该作为我们的主业。

第二方面，就是从厚报战略向优报战略转变。大家过去拿着这个厚报很开心，因为中国最早的报纸就是4个版，后来就有几十个版。可是大家发现没有，现在的人都很忙，没有那么多时间读报了。报纸再不断地扩张，再做100个版也是没用的，没有时间看。所以现在应该是优报战略、精品战略，靠这个来取胜。如果你要靠海量来取胜，你跟网络没法儿比。所以我们不能停留在厚报战略了，而且纸张成本也很高。有时候利润少1亿元，有可能就是纸张成本多花了1亿元。当然，从厚报向优报转变，最重要的是要适应今天这个时代形势的需要。

第三，从一报独大向多元发展转变。刚才我向大家介绍广州日报有很多报刊，觉得很不错，但是我们的缺点是一报独大。就是《广州日报》很强，其他小报、小刊很弱。那该怎么办呢？我觉得应该调整这个格局。首先就是要把系列报刊培养成未来发展的重要增长点。我们有一个大洋传媒有限公司，把这些系列报刊都管起来了。我感觉我们的系列报刊还是很有市场、很有潜力的。而且它可以往多元发展。比如说《老人报》，它不仅仅只办面向老人这一份报纸，将来它要往老人产业方向发展。凡是与老人有关的产业，它就要去发展。我们还有一份报纸叫《舞台与银幕》，它是娱乐报纸，八卦新闻比较多，这样的报纸将来还可以继续往娱乐的方向发展。而且你不要小看这样一份报纸，它的利润很大，在所有的小报、小刊中，它是绝对的老大。它在全国同类的报刊中，利润可能都是第一。这份报纸有很多人喜欢看，它有市场。所以以后系列报就往相关的产业领域发展。我们还有《足球报》《篮球先锋报》，我就要求他们，“你们光办好这份报纸还不够，你们还要往体育产业发展”。这就是说，我们要从一报独大向多元发展，向文化产业领域进军。

第四，从报纸媒体向全媒体转变。也就是说我们除了报纸、杂志之外，还要有网络、手机这些全新的媒体。2012年3月份，全国人大、全国政协在北京召开，汪洋书记去慰问我们的记者。我给汪书记汇报，我还精心琢磨了一下，等汪书记进来的时候，我先领着汪书记看我们的手机报，他很感兴趣。因此，我们要在平台上向全媒体方向发展，不能仅仅是报纸。iPad、手机、网站我们都要发展。

第五，从单一的广告收入向资本运作转变。现在全国的报纸、杂志基本上都是以广告收入为主。我们广州日报其实也是这样。这样的格局应该做一些调整。当然广告收入肯定还是不能动摇，但是除了广告收入之外，我们还应该通过资本市场进行运作，才能够真正做大做强。我们的粤传媒重大资产重组，就是把广州日报的广告、印刷、发行、系列报刊、大洋网等主要资产全部整合进上市公司粤传媒。2012年6月份，我们粤传媒定向新增发行的股票就在深交所上市。

第六，从普通的写字楼向文化传媒平台转变。我们现在一般说盖大楼就是建办公室。现在广州日报正准备盖大楼，位置就在猎德大桥、小蛮腰附近，那块地已经都平整好了，非常好的一块地。我们当初花了2.7亿元购买那块地，不知道现在要多少钱，我们是在2004年买的。我们现在准备再投资15亿元建广州日报的大楼。这个楼建起来之后，我的设想是决不能只是一个普通的写字楼，一定要是一个媒体、产业的平台，成为文化传播的中心。另外，因为大楼处在小蛮腰附近，所以我还准备建观景平台，经营酒吧、咖啡厅之类的产业。这样大楼就不仅仅是一个写字楼了。最后是我们广州日报的共同愿景：中国最好，世界知名。我的目标不仅仅是《广州日报》这一张报纸，关键是要建构一个综合性的传媒集团，这样的话，我们还需要努力。当然，这也不是一蹴而就的，我们有这个奋斗目标，用几年的时间打下一个坚实的基础。一个团队没有一个共同的理想、共同的愿望、共同的目标，就会变成一盘散沙。当然，能否实现就需要大家一起努力了。

（演讲主持：张璐、林小玲；点评：蒋建国；录音整理：潘丽娜、夏侯命波）

纸媒转型热的冷思考

嘉宾：暨南大学新闻与传播学院院长　范以锦
场次：第6期第3场
时间：2013年7月16日上午

现如今，传媒转型热火朝天地进行，怎么冷静地去思考这个问题，很有必要。我想讲五个方面：第一，从*The Daily*失败，看纸媒转型的困惑。第二，商业门户网站的运营理念。第三，纸媒的“拐点”到了吗？第四，冷静分析纸媒的转型。第五，正确理解“全媒体”与“全媒体记者”。

一、从*The Daily*失败，看纸媒转型的困惑

2010年，苹果公司发明了iPad平板电脑，在上市三个月内销售量就达到了300万台。2010年iPad的总销量为1480万台。新闻集团的默多克认为iPad可能会拯救纸媒业。那么，在他的思想指导下，新闻集团与苹果公司联合办了一个电子iPad报——*The Daily*。这个报的特点是，不依托任何纸媒，也没有网络版，是纯粹iPad电子报。

这时，有两种截然不同的声音，一种认为iPad是纸质媒体的救世主；另一

种认为，iPad无法挽回纸质媒体消亡的结局。但默多克信心十足，他认为他不用纸张，没有印刷的费用，没有运输的费用，节约的成本可以加大iPad的投入。得利的是读者，“每日只需要14美分，就可以享尽我们的新闻大餐”。苹果公司的乔布斯也认为iPad很好，他说：“*The Daily*是最令人期待的新闻阅读应用。”

新闻集团与苹果公司合办*The Daily*就是试图以实践来证明iPad救报纸的可行性，为报业在日后的发展开辟出一条新的道路。但是，办了不到两年，到2011年12月15日，就倒闭了。这说明并不是越先进的技术就越能赚到钱，适合时宜的营销才是最重要的。

我们可以看到很多县一级的电视台，很多人看，尽管有人喜欢看《新闻联播》，有人喜欢看《非诚勿扰》，但其他时间，还是看本地新闻，因为它有贴近性。如果在这些地方卖iPad报，肯定卖不出，所以并不是越先进的东西就越能挣到钱。

当然，也有人说：“*The Daily*没有失败，它只是让已经失去耐心的默多克叫停，它代表着新闻集团内部业务的一次调整。”但是人们不太关注过程，关注的是它的结局，结局给人的印象就是：你自身难保，还怎么救报纸？

我们也感到很困惑，一个是传媒大亨，一个是技术大腕，如此强势的合作，所办的新媒体竟然失败了！问题出在哪儿？

仔细分析，*The Daily*失败的原因有三个：一是前端出了问题，后端的广告反客为主；二是无纸媒品牌做依托，试图独创一鸣惊人；三是收费一步到位，没有形成足够的用户群。接下来，我们具体进行分析。

（一）前端出了问题，后端的广告反客为主

它的前端内容设置与后端的广告设置不对称。它的广告做得非常出色，可视性强，有些广告可以当游戏玩。有人曾经调查过，50%的人（*The Daily*的阅读者）看广告非常认真。因为有些广告放在了电子报版面最显眼的位置上，当读者一打开iPad登入新闻界面时，最吸引眼球的就是极具互动性的广告。不仅可以看，还可以玩，比如说这个可口可乐广告，你按下去，它会起来，你可以像玩游戏一样玩广告。但是它最为重要的新闻内容没有做好，内容独创性不足，非常庞杂，非常乏味，读者不知道它的核心价位在哪儿，很难得到最有价值的

信息。全媒体时代，是通过各种渠道都能够阅读到新闻信息的时候，谁还会花钱来专门阅读内容不特别的*The Daily*，即使它的广告做得再好，但我作为用户不会花钱买广告来看。没有用户，你也吸纳不了广告。

（二）没有纸媒品牌依托，试图独创一鸣惊人

想到没有品牌，我就创建品牌，因此找了很多知名的人来当编辑，费用非常高。*The Daily*一年的预算是3000万美元，聘请《纽约客》杂志音乐评论家萨沙•佛瑞琼斯担任文化编辑，并聘请理查德•约翰逊负责娱乐内容，还专门聘请明星专栏作家为其写稿。巨大运营费用，使得*The Daily*运营到中期不得不接二连三地裁员。解聘人员也是慢性自杀。

我们看看《华尔街日报》等，他们办的电子报为什么能够生存下来？因为《华尔街日报》是全世界非常著名的财经报纸，有人喜欢看报，有人喜欢电子产品，但人们知道它的内容独特，因此喜欢电子产品的人很快将目光转向电子产品，就可以挣到钱了。实际上，它的电子形态的产品是依托了母报的品牌优势，并且延伸了这种品牌优势。另外，它打包的综合产品也卖得非常好。

但是*The Daily*显得急功近利，在毫无品牌报纸的依托下，试图一鸣惊人，这就注定了其艰难发展的状况。

当然我们不能说，这条路完全走不通。我觉得你坚持下去也许走得通，但时间要很长。我们过去办报纸，第一年亏本，第二年平或亏本，第三年能挣到钱就很不简单了。但*The Daily*办了两年不到就停了，我觉得很困惑，两个集团都那么有钱，为什么不坚持？它既没有品牌影响力，又不愿意花时间去打造品牌，最后只能关掉。

（三）一步到位全收费，没有形成足够大的用户群

*The Daily*在创刊初期，就将报纸的传播渠道定位为必须使用iPad才能阅读的付费电子报。它自认为价格低，产品好，一面市就要求收费，但是过早收费使用户群没有培养起来，这就大大限制了其日后的可持续发展。

很多有影响力的品牌报纸，都不敢轻易去收费，如《纽约时报》在订电子版的同时，赠阅纸质版，有两种选择，*The Daily*却要完全收费，因此很难做大。

所以我们反思*The Daily*之死，败在思路错位。

那么，iPad电子报能够救谁？新媒体能救谁？需要注意的是，如果纸媒停

了，转而办iPad报或其他新闻产品，那救的也不是纸媒，而是新闻单位，即使成功了，那也只是单位的成功，与救纸媒是两码事。

另外，弱小的纸媒想通过办电子版去挣钱，难度比较大，像《华尔街日报》这样有品牌影响力的纸媒介入新媒体更具有优势。

再者，我们说新媒体所救的单位应该是有创新盈利模式的。

iPad出来时，大家一阵狂欢，称我们进入了“iPad时代”。像出差只要一个iPad什么都能解决。所以都认为iPad一定能取代其他所有的产品。但是iPad运营商能想到的，其他运营商也能想到，手机运营商、电信运营商很快就跟进了。所以当你想取代人家的时候，人家也在想如何取代你。不要盲目地认为一个产品能取代一切，是救世主。技术进步永无止境，还会有新的信息接收和发布技术的出现。

2012年6月底，谷歌展示了其秘密实验室的项目之一“谷歌眼镜”。在眼镜上配有一部高级智能手机。在镜框右上角放置了一块微缩显示屏，一个720画质的摄像头。此外还有触控板，可以和系统进行交互，麦克风可收集声音、发短信、听音乐等。

最近，一款新型电话手套在英国面市，名叫“与手对讲”。手套内安置电话系统，大姆指部位有扬声器，小指部位有一个麦克风。还可以使用蓝牙连接手机硬件。标价1000英镑（约合人民币9462元）。

虽然在技术融合初期，用户很喜欢，会用一段时间。过一段时间个性化出来了，我又追求个性化。融合—细分—再整合—再细分，一定是这样的发展规律。

二、商业门户网站的运营理念

商业门户网站有广告模式，也有增值服务模式，但无论哪种模式，他们都有非常强烈的用户观念。

我认识一位美容院的总经理，他一年投放广告5000万，其中50%给了百度。用户点击一次，100多元，点击1000多次，要十多万。我问：“你为什么不投给都市报呢？都市报100万人的阅读量广告费才十几万。”“但是这种观念不对，1000人都是有兴趣才去点的，但是100万人未必能够看到这个美容广告。” 我们常讲纸媒的精准投放，但是我们远没有他们精准。

另外，他还说：“原先还比较便宜，但现在十几家美容院在竞争，谁出得最多谁就排第一。”这个就叫作竞价排名，用户点击关键词，轻而易举地找到了服务机构。对广告客户来说，他体验到了精准投放带来的效果，而用户点击关键词能轻而易举找到服务机构。

广告客户和有需要的个人，这两者他们（百度）都考虑得很周到，有非常强烈的用户观念，所以它就发展得很快。我们在网上搜索“湖南”两个字，第一个搜索出的是湖南移动，本来应该跳出湖南省委省政府才对，因为政府的势力最大，但是（对网站来说）有奶便是娘，谁给我钱多，我就把谁放在第一位。

2011年，腾讯的的营业额是284.96亿元，利润是102.3亿。在营业收入中，互联网的增值服务达到230亿，占全年收入的80.9%。2011年，腾讯营业收入438.94亿，净利润127.32亿。互联网增值服务收入占总营收的七成以上，达319.952亿，网络广告33.823亿。

本来腾讯的广告是非常少的，中国广告最多的报纸是《南方都市报》和《广州日报》，为10亿左右，人家相当你的三倍，更可怕的是这比上年增加了69.8%。另外，全中国所有的报纸加起来所创造的利润都没有腾讯一家高。两万多人，平均年龄27岁，平均年收入28万元。许多纸媒的优秀记者都给他们挖去了。曾经南方周末优秀的新闻记者傅剑峰就在腾讯做新闻中心副主任。

增值服务主要是：以网络涉及为基础平台，通过用户之间的沟通和互动，激发用户自我表现和娱乐需求，从而给用户提供通过付费才可以获得个性化的增值服务和虚拟物品消费服务。

腾讯的互联网增值服务，主要是基丁即吋通讯平台的QQ会员特权、虚拟形象和道具、游戏、交友等服务，是腾讯的传统优势和核心竞争力所在。我们看到它挣钱，但它首先为用户服务，免费不用钱，一旦你需要更高质量的个性化的服务时，就需要钱了。例如，红钻——QQ秀；黄钻——拓宽QQ空间；绿钻——听音乐；蓝钻——斗地主、休闲；紫钻——QQ炫舞；黑钻——大型网游、道具、先进武器。打麻将打不赢，装备工具要不要？看小说不用钱，看到最后几页上当了，要花钱。网上一位年轻人一年结婚100多次，你说要花多少钱？

但是纸媒在金融风暴、经济宏观调控之后，形势就不好了。纸媒需要抓住房地产、汽车等大客户。形势不好，就要大受影响，但金融风暴来了腾讯照样挣钱，而且就业形势不好，玩游戏的人多，所以越是金融风暴，赚的钱越多。

它的理念就是，我的人气做得非常旺、人流量非常大都不要钱，但是你有需求的时候，就要花钱了。

三、纸媒的“拐点”到了吗?

2003年，人民大学的喻国民教授就提出了纸媒的拐点理论，很有远见，但是那个时候很少有人关注。2005年，京华时报社长吴海明提出了“报业严冬论”，才引发了有关“拐点”的广泛讨论。

从2005年至今8年，尽管探讨持续不断，但正常情况下纸媒经营者也若无其事。到2011年，有人说拐点才真正来临。我的看法是，2005年关于拐点的说法只是一种预言，2012年关于拐点的说法是预演，只有市场化纸媒无法坚守的时候，拐点才真正来临。我们看三年，如果连续三四年都不行，拐点才真正来临。

这几年我们可以看到，虽然2005年行业情形不妙，但2006年又还比较好，中间还有过阳光灿烂的日子。如大众报业集团2004年的利润是3750万余元，所谓“严冬”的2005年利润却是5200万余元，2011年利润4亿元，2012年利润7亿元，现有14报、5刊、1网站全部盈利。据说，2012年7亿利润也没问题。

其实，中国的报刊真正停掉的并不多，没有出现西方百年大报倒闭的现象。从目前的情况来看，危机最大的是2011年。是不是就可判断从此衰落下去？还要观察，但至少可以说是“拐点”的预演，从我所接触的媒体来看，非常担忧。如果连强势的市场化媒体都无法经营，那拐点则真正来临。就像西方，强势的百年大报倒台才是拐点的来临。

中国的报刊太多，尤其是综合类媒体，同质化非常突出，倒掉一部分正常。要关注的不是倒了多少，而是强势的纸媒倒不倒！强势的纸媒有两种，一种是由党委直接控制的党委机关报，它的政治地位和独享资源的优势一定会保证它的生存，面临困境的时候，政府也一定会出钱保证它的正常运营；另一种强势纸媒是都市类大报，这些媒体政府不会出钱，倒了就倒了，没人养你。

因此，强势的都市类媒体面临的困境非常大，尤其在2011年出现了一个新的现象，广告量越大的困难越大，广告量小的反而安全！例如《南方农村报》广告量只有几千万，每年利润几百万，小日子过得非常好。它的广告赚不到多少，掉也掉不了多少，听说今年上半年的广告量已经完成了。

但是走市场的都市类媒体，为了和同行竞争，血本下得非常大，在经济发展正常、投放广告不成问题的情况下，即便回报率较低，但因广告量大依然有好的收益。假如一家报纸的广告收入有5亿元时，可能有1亿元的利润。这1亿元的利润实际上就是4亿元广告之外的另1亿元的广告收入。

一旦某个行业的经营形势不好或者政策变化，都有可能让4亿元之外的这1亿元掉光，也就是将1亿元的利润全丢了。像《广州日报》《南方都市报》《新快报》等广州这几家报纸，成本三块钱，10个月的广告收入才能打平。但是一旦房地产低迷，汽车限购，那这1亿元的利润就轻而易举地没了。所以广告基数越大的强势市场化媒体风险也越大。

但是我们可以看到，像《金融时报》《华尔街日报》《纽约时报》这些强势品牌媒体并没有倒下，纸媒与新媒体共荣共存。

另外，日本的《读卖新闻》至今仍然是1000万发行量。香港的报纸行业也很艰难，竞争很大，挣不到多少钱。但过去艰难，现在也艰难，发行量并没有太大的变化。这两者是特殊的现象，所以并不是一提到报纸就“垮了”这两个字。有的国家倒下一批纸媒之后，生存下来的又出现了相对稳定。

我希望即使拐点来临，也仍然有一批媒体能够坚强地活下来。

四、冷静分析纸媒的转型

我们经常提到转型，改革开放以来纸媒经历了两次重大的转型。第一次转型是纸媒向市场化转型，纸媒与纸媒、纸媒与广播电视竞争产生了市场意识，由此产生的转型推动了纸媒的发展。第二次转型是现在数字化背景下的转型，这种转型不是传统媒体的内部竞争，而是外部环境带来的强烈冲击。

早在1994年，美国未来学家迈克尔•克莱顿就将报纸称为“媒介恐龙” 。2009年3月，美国146年历史的《西雅图邮报》停印，告别“纸质新闻”，成为美国首家只有网络版的大报。2004年，美国北卡罗来纳大学新闻学院教授菲利普•迈耶提出：“2043年春季的某一天，美国一位读者把最后一张报纸扔进了垃圾桶，从此，报纸就消失了。” 联合国世界知识产权组织总干事弗朗西斯•加利2011年11月3日说，数字报纸将在2040年取代纸质报纸。比之前的预言少了3年，且前面说的是美国，现在说的是全世界。更可怕的是美国的报纸将在2017年消失，距现在只有4年。我觉得不可能，最近从《新闻写作》杂志上看到，美国的报纸倒了一大片，但是没有倒下去的，现在又开始稳定了，所以再过4年，那些大报也倒不了。有人说，中国的报纸活不过15年，那是乱谈。我们20多年前说要无纸化办公，但现在办公室的文件越来越多，纸张越来越贵。所以不要想当然地认为形态的东西倒了就倒了。

我觉得有三个概念要弄清楚：报纸、报业和报纸单位。

报纸：不容易消亡，它总是一种特殊的传播形态，总会有人喜欢。

报业：容易消亡，越来越难经营，不能成行成市时，纯报纸产业就不存在了。

报纸单位：报纸不挣钱的时候并不意味着报纸消亡，也不意味着报纸单位会垮台，它还可以以别的形式挣钱。

就像报纸发展成了南方报业集团，后改为南方报业传媒集团，将来会发展为全媒体集团或全媒体集群。不去强调“纸”的概念，“报业”这个叫法会淡化，但在整个传媒业里，纸这个东西还是会存在，亏损了也会存在。就像房地产企业，纸张印得如此漂亮，它是一个品牌，依然还是要推广的。尽管纸媒还有生存空间，但残酷的生存空间表明，不转，等死；早转，早死；乱转，早死。*The Daily*就是早死的例子。

5月25日，媒体研究者、《新媒体拯救报业？》的作者陈国权发微博说：“刚从西安调研回来，苦逼的报人们委托我继续大喊：报业数字化确实是在扯淡！”我不完全同意他的观点，因此回应他：“《金融时报》等品牌纸媒转型有收益了，我们为何难？我们的品牌纸媒其实只是比同行领先一些而已，品牌价值有限。往数字化转型，呈现到新媒体上时，品牌味更被冲淡了，看不出独特之处。往数字化转型要先把品牌打造提升好。”

汕头大学长江新闻与传播学院代院长范东升也在微博上说："纸媒原有的品牌意识，进入网络时代越来越淡，乃至成为免费垃圾。"

不管同不同意陈国权的观点，事实就是目前中国纸媒往数字化转型成功的经典案例几乎没有。陈国权的观点虽然引发了一些争论，但给盲目转型的"虚热"降点温有好处。我们的确需要冷静看待转型，用正确的思路应对转型。

究竟转型的现状如何，需要认真调查研究分析。有的说能成功，有的说很难。探讨这一问题须厘清范围和内涵，不能笼而统之。许多人只要一听到"转型"一词，就潜意识把纸媒转型归结为数字化转型。其实，纸媒在互联网时代的转型有三个概念，纸媒往"全媒体转型"；纸媒往"数字化转型"；纸媒"融合新媒体的转型"。这三个有联系，但不完全一样。全媒体转型非常好，通常包括另外两个，但数字化转型和融合新媒体转型并不一定就是全媒体转型。

"全媒体转型"首先要"全"，同时拥有不种类型的媒体。如果只办了网络版就说自己往全媒体转型，是非常可笑的。

"融合新媒体的转型"强调的是"融"，是指纸媒吸入了新媒体的元素，新媒体也借用了传统媒体的某些做法，并在互动融合中发展。

"纸媒数字化转型"是指不管如何改变，都跟纸媒有关，新媒体做新闻就叫纸媒数字化转型，但新媒体去搞游戏就不是了。纸媒数字化，是纸媒原出版的内容与数字技术相结合的产物。它是在原本纸质媒体基础上发展起来的，或者参照纸媒经营新闻内容等做法发展起来的，通过网络等新的传播手段呈现，比如报纸的网络版、手机报、iPad报等。

现在探索有三种模式：第一，把报纸上的内容复制到新媒体上，或者再加一些原创；第二，停止报纸出版，只出电子版，如《西雅图邮报》就是停了纸质版，只有网络版；第三，报纸照出，再出一个不复制报纸内容的独立的数字化报纸，如*The Daily*。

我们可以看到，第一种仍然依托报纸，第二、三种已经不依托报纸了。尽管第二、三种模式没有报纸做依托，但它还是以做新闻为主，仍然是以新闻作为影响力带动广告的模式，所以依然可称作"报"，只是呈现方式不同，变成"数字报"。

中国纸媒进行"数字化转型"主要是第一种，搞个网络版放上去，经济实力比较强的再搞个手机报、iPad报。

现在我们关注的不是谁做了没，而是谁成功了。技术上的实现很容易，难的是要办出影响力，而且特别是有市场盈利模式。可以这么说，绝大多数未形成影响力。我们闭着眼睛都可以说出中国哪家纸媒有影响力，但很难找出几家由纸媒转型的有影响力的新媒体。即使有一些已经做出了影响力，但市场化模式仍然没有。

对这三种模式的成败分析一下：第一种模式依托报纸。即办网络版，基本没有成功的（案例）。靠网络版收费，流量迅速减少。这种情况在国外也不可避免。一家新媒体网站的流量原本有1000万，但收钱以后就只剩20万了。第二种是报纸停办，搞数字化报纸。中国的报纸还没有胆量进行这样的尝试。第三种，独立办数字化的报纸，全世界就*The Daily*这么一家，最后失败了。

所以纸媒的数字化转型成功与否，不能看技术的应用，还要看市场的影响力，实现良好的经济效益才能保持持续的发展。长期亏本，谁也无法承受，最终只能倒闭。

但是，外国成功的例子中国能复制吗？

《纽约时报》2012年纸媒发行量下跌7%，数字产品增长了136%。两者相加，还是增长。《金融时报》实现了“数字平台优先战略”，从传统的“新闻业务经营”转向“网络式经营”，其创新点是“付费墙”，即前面信息免费，达到了一定的程度开始收钱。目前该报纸质版和数字版付费订户合计超过60万，该报网站用户超过500万，其中31万为付费用户。实行付费墙，可以使免费阅读的用户群不断扩大，在这其中花钱消费的用户数量才会增加。所以说这种模式非常好。但在国内这方面还有所欠缺。

《金融时报》《纽约时报》《华尔街日报》在建立新媒体之前就已经是品牌媒体，建立新媒体之后其品牌延伸到新的领域，继续发挥品牌效应。但是我们的一些知名都市类报纸在网络上的阅读量已经有几百万了，却不敢轻易收费，一旦收费，大量读者就会放弃，说得不好听即品牌价值有限。

我们的品牌没有掌握国际视野，习惯于内部竞争，跟同行比生死，我们最多比同行领先一步就号称纸媒品牌，这样的情形在新媒体中的差异太小了，很容易被模仿，网络上海量的信息便淹没了它的优势。当受众从网络上可以看到大量免费的信息时，凭什么向你交费购买。

从《金融时报》的经验来看，往数字化转型的过程中要想在延伸到的新媒体中吸纳大量用户并获取良好的效益，就必须将纸媒自身的品牌提升，这是往数字化转型的基础。报社纸媒如果要走数字化转型的道路，还要非常重视内容产品的打造，没有有价值的内容，收费、免费都不会有市场。

而有品牌价值的内容，转到网上也要技术理念和运营理念相配套。《金融时报》办的新媒体已经慢慢颠覆了报纸二次销售（先亏本卖报再吸纳广告获利）的模式，内容销售至上，从免费到收费，不再单靠广告来维持。

纸媒数字化转型，中国至今没有成功的经验，国外也不多。但从成功者的身上，我们要发现差距在哪里，要从我们的实际出发进行探索。外国的经验、腾讯的经验能不能学？具体的经验学不到，但理念可以学。

五、正确理解“全媒体”与“全媒体记者”

我们作为受众，要体验全媒体，要追逐全媒体，这个可以做到，但是作为一个纸媒单位，要做全媒体，谈何容易？当下传统媒体在全媒体转型中出现了一个认识上的误解，那就是，片面地认为全媒体就是“大而全”，关注点一味地放在“全”字的物理解释上。我们所说的全媒体之“全”，不仅是技术层面上的多种形态，更应该是如何能使媒体发展核心影响力的一种理念和盈利模式。全媒体不仅仅在于掌握全部知识，更重要的是了解不同用户的不同需求。

另外，纸媒全媒体运营如何去收获？有三种模式。第一，间接效应：新媒体成为纸媒品牌的助推器，使纸媒取得良好的效益，这方面都市报非常明显。都市报主要在广州珠三角，山区很少，因为山区没有广告投放，另外，外省也很少。全中国都知道《南方都市报》，靠的就是它的新媒体，通过新媒体来扩大品牌影响力，这对广告投放是有帮助的。第二，直接效益：新老媒体各自都取得效益；第三，综合效益：通过内部资源的整合、延伸实现效益。如对数据进行整合形成数据库来卖钱，或通过纸媒和新媒体搞会展来卖钱。最成功的集团是这三个效应都实现，最可怕的是三个效应都没有，那这个报纸将彻底完蛋，要寻找突破点。

“全媒体记者”，大家以为是全能，采、写、摄、录、编、报、网络什么都懂的人才，但同时也要有某个专长。所以提醒在座的学生，读书的时候要多练些本领，一些企业既要全能的，也要有专长的，即一专多能或两专多能“全媒体记者”是相对的概念，肯定不能取代专业型记者，因为现代社会信息过剩，只有用专业才能打动人。香港《有报天天读》的杨锦麟走了之后，看的人就少了。

另外我强调，“全媒体记者”是一个群体，整个群体形成全媒体集团群。在重大活动或者突发事件等非常态的采访状态下，有过全媒体培训的记者当然应临急受命，进行全媒体发布。但是并不能把它作为普遍规律来推广，更不应该是常态。所以，理想的全媒体状态，应该把“全媒体记者”挖掘的信息当作第一手素材，而专业型记者做后续专业跟踪报道。

总结一下，全媒体不只体现在形态，还包括综合运营能力。不是次品的堆积，而是各种优质品的聚合。任何全媒体集团，一定要“全”中有“特”，各自有各自的强项。全媒体记者要“全”中有“专”，不能成为万金油记者。

（演讲主持：蒋昱思、王希；点评：苟凯东；录音整理：陈玲玲）